STS

STS

推薦序

考試分數大躍進
累積實力
百萬考生見證
應考秘訣

·2

根據日本國際交流基金考試相關概要

袖珍本

精修版

絕對合格
日檢必背文法

N2
新制對應！

吉松由美
西村惠子 ◎合著

山田社

前言
preface

> 忙碌的您，只要活用「瑣碎的時間」，
> 也能「倍增文法量」考上日檢喔！
> 這時候小巧實用、攜帶方便、隨時查閱的「袖珍本」，
> 就是學習的「好幫手」了！
> 讓您在等公車、坐捷運…，任何時刻、任何地方，
> 都能一手掌握 N2 文法！

只要找對方法，就能改變結果！
即使文法成績老是差強人意，也能一舉過關斬將，得高分！

★ 百萬考生推薦日檢好書，應考秘訣一本達陣！
★ N2 所有 127 文法 × 立驗成果 9 回練習 + 模考 3 回 × 實戰聽力！
★ 百萬年薪跳板必備書！日檢 N2 必背高頻率出題文法！
★ 魔法般的三合一學習法，讓您樂勝考場！
★ 目標！升格達人級日文！成為魔人級考證大師！

為什麼每次遇到文法就屢戰屢敗？
為什麼每次會用的就那幾個，不會的永遠學不會？
為什麼明明花了許多時間讀，文法成績還是不理想？

如果只有「背」文法，那就不是「學」日文。
尋找適合自己的文法書，就像尋找自己的專屬魔杖一樣。
適合自己的文法書，能讓學過的單字靈活運用到淋漓盡致！隨手一揮，句子「碰！」的一聲就出來了。

本書究竟有什麼樣的魔法，讓文法這麼好「學」呢？
8 招魔法，讓學習更輕鬆更有效，讓記憶永遠存在！

1. **看故事書般的創新魔法**—巧妙地將文法書和故事書結合起來！每一項文法都有一張可愛的插圖，配合幽默、令人會心一笑的小故事。利用有趣的故事情節魔法，清楚、細膩地說明文法特色，讓您學習效果立竿見影。

例1 明日はいよいよ出發だ。今夜はドキドキして眠れそうにない。
明天終於要出發了，今晚興奮到睡不著。

明天我要去美國玩一個禮拜，開心到根本睡不著啦！！！

「沒有一的語彙」，就用「そうにない」來表達！

故　事

插　圖

2. **多元學習的增值魔法**—文法、單字、內容黃金魔法交叉學習！每項文法的例句都暗藏玄機在裡面，因為例句中都精心加入該項文法較常配合的單字、使用的場合、常見的表現，也就是考試常出現的考法。還有，貼近N2程度所需的時事、職場、生活等內容。幫助您完全克服文法考試決勝負的難關！

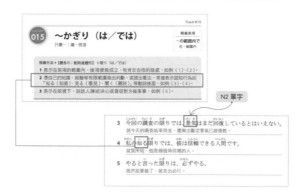

Track 015

015 ～かぎり（は／では）
只要…；隨…而言

類義表現
～の範囲内で
在…範圍内

接續方法 ▶【體言の；動詞連體形】＋限り（は／では）

1 表示在前項的範圍內，後項便能成立，有肯定自信的語感，如例（1）、（2）。

2 憑自己的知識、經驗等有限範圍做出判斷、或提出看法，常接表示認知行為如「知る（知道）、見る（看見）、聞く（聽說）」等動詞後面，如例（3）、（4）。

3 表示在前提下，說話人陳述決心或督促對方做某事，如例（5）。

N2 單字

3 今回の調査の限りでは、景気はまだ回復しているとはいえない。
就今天的調查結果來看，還無法斷定景氣已經復甦。

4 私の知る限りでは、彼は信頼できる人間です。
就我所知，他是個值得信賴的人。

5 やると言った限りは、必ずやる。
既然說要做了，就一定做下行。

3. 前後接續的要領魔法——每項文法前面或後面要怎麼接續呢？考日檢文法的時候，是不是常因為接續方法而失分呢？請放心，本書在每項文法下面，都標示出接續方法，只要照著這些公式走，考試就不用擔心啦！書中還貼心地附上文型接續解說，裡面並彙整出動詞的未然形、意向形、連用形或用言、體言等接續用語的說明喔！

文型接續解說

1. 動詞——動詞一般常見的型態，包含動詞辭書形、動詞⋯
   動詞性名詞の⋯、動詞ます形、動詞意向形、動詞連用⋯
   動詞可能形連體形⋯等。其接續方法、說明用語的表⋯

用語1	接續	用語2	
未然形	ない、ぬ（ん）、まい	ない形	讀まな
	せる、させる	使役形	讀ませ
	れる、られる	受身形	讀まれ
	れる、られる、可能動詞	可能形	見られ
意向形	う、よう	意向形	讀もう
連用形	連用用言		讀みま
	用けが中輟		新聞を
	用作詞副		讀みま
	ます、た、たら、たい、そうだ（樣態）	ます：ます形た：た形たら：た形	讀みま
	て、ても、たり、ながら、つつ等	て：て形たり：たり形	讀みま
終止形	用於結束句子		讀む
	だ（だろう）、まい、らしい、そうだ（傳聞）		讀むだろう、讀むまい、讀むらしい
	と、から、が、けれど、も、し、なり、や、か、（禁止）、な（あ）、ぞ、さ、とも、よ等		讀むと、讀むから、讀むども、讀むな、讀むぞ
連體形	連接體言或體言性質的詞語普通形、基本形、辭書形	普通形、基本形、辭書形	讀む本
	助動詞：たようだ	同上	讀んだ、讀むように
	助動詞：の（轉為形式體言）、より、のに、ので、でらい、ほど、ばかり、まで、きり等	同上	讀むのが、讀むのに、讀むのけ
假定形	接續助詞ば（表示假定條件或其他意思）		讀めば
命令形	表示命令的意思		讀め

4. 類義＋N3 文法專欄的輔助魔法——同樣一句話，光是口語、正式說法，就天差地遠大不相同了！因此，換個說法的類義表現，是考試最常出現的考法。本書每項文法中都補充了一個類義表現，讓您進行比較。除此之外，書中還有 N3 文法補充小專欄，由於 N2 日檢中，N3 程度佔比也很大，因此將 N3 文法跟例句穿插在書中，幫助您加強複習！

JLPT・N2 | 005

5. **多義應用例句的經典魔法**——一項文法大多會隨著前面接續的詞，及前後文意等，而有不同的表現方式，例如「ことから」有：一、説明命名的由來「…是由於…」；二、表示後項事件因前項而起「因為…」；三、表示根據前項判斷結果「從…來看」。許多讀者反映「文法搞不清楚使用情況，好難選出答案！」為了一掃您的擔憂，書中將文法的所有使用狀況細分出來，並列出相對應的例句，讓您看到考題，答案立即選出！

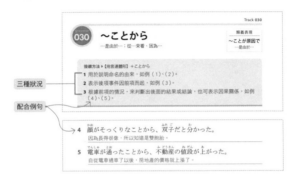

三種狀況

配合例句

Track 030

030 〜ことから

…是由於…；從…來看，因為…

類義表現
〜ことが原因で
…是由於…

接續方法▶【前言連體形】＋ことから

1 用於説明命名的由來，如例（1）、（2）。

2 表示後項事件因前項而起，如例（3）。

3 根據前項的情況，來判斷出後面的結果或結論，也可表示因果關係，如例（4）、（5）。

4 顔がそっくりなことから、双子だと分かった。
因為長得很像，所以知道是雙胞胎。

5 電車が通ったことから、不動産の値段が上がった。
自從電車通車了以後，房地産的價格就上漲了。

6. **打造日語耳的相乘魔法**——新制日檢考試，把聽力的分數提高了，合格最短距離就是加強聽力學習。為此，書中還附贈光碟，幫助您熟悉日籍教師的標準發音、語調與符合 N2 聽力的朗讀速度，讓您累積聽力實力。為打下堅實的基礎，建議您搭配《新制對應 絕對合格！日檢聽力 N2》來進一步加強學習。

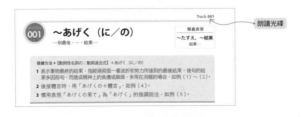

Track 001

001 〜あげく（に／の）

…到最後，…，結果…

類義表現
〜たすえ
結果…

朗讀光碟

接續方法▶【動詞性名詞の；動詞過去式】＋あげく（に／の）

1 表示事物最終的結果，指經過前面一番波折和努力所達到的最後結果，後句的結果多是因前句，而造成精神上的負擔或麻煩，多用在消極的場合，如例（1）～（3）。

2 後接體言時，用「あげく的＋體言」，如例（4）。

3 慣用表現「あげくの果て」為「あげく」的強調説法，如例（5）。

7. **9 回練習＋模考 3 回題庫魔法**──本書附有 9 回立驗成果的練習題，跟 3 回的新日檢真實模擬模擬考題，這些都是金牌出題老師們經過多年分析、研究歷屆考古題，精心編寫的考題！模擬考題還依照不同的題型，告訴您不同的解題訣竅。讓您在演練之後，不僅能立即得知學習效果，並能充份掌握考試方向，以提升考試臨場反應。就像上過合格保證班一樣！

練習問題

問題說明
應試訣竅

↑
模擬考題

8. **文法速記表魔法小工具**—文法重點，一覽無遺的文法速記表，不僅依照五十音排序，還附有文法中譯。速記表可以讓您在最短的時間內進行復習，還可以剪下來隨身攜帶，是前往考場，考前復習的高分合格護身符。它更是最便利、最精華的 N2 文法資料庫！書中還附上讀書計畫表，讓讀者能按部就班進行讀書計畫。有計畫絕對就會有好成績喔！

裁切裝訂
隨時帶著背 →

五十音排序 →

安排
讀書計劃

如果在書店拿起這本書，不要放下。如果在網路書店看到這本書，不要忘記試閱。這「不」是一本跟其他文法書沒什麼兩樣的文法書，這是一本有著小小魔法的文法書，能將您帶領到日文高手的世界。

目錄
contents

N2 文法速記表

★ 步驟一：沿著虛線剪下《速記表》，並且用你喜歡的方式裝訂起來！

★ 步驟二：請在「讀書計劃」欄中填上日期，依照時間安排按部就班訂學習，每完成一項，就用螢光筆塗滿格子，看得見的學習，效果加倍！

五十音順	文 法		中 譯	讀書計劃
あ	あげく	あげく	／…到最後 ／…，結果…	
		あげくに		
		あげくの		
	あまり	あまり	／由於過度… ／因過於… ／過度…	
		あまりに		
い	いじょう	いじょう	／既然… ／既然…，就…	
		いじょうは		
	いっぽう	いっぽう	／在…的同時，還… ／一方面…，一方面… ／另一方面…	
		いっぽうで		
う	うえ	うえ	／…而且… ／不僅…，而且… ／在…之上，又…	
		うえに		
		うえで	／在…之後 ／…以後… ／之後（再）…	
		うえでの		
		うえは	／既然… ／既然…就…	
	うではないか	うではないか	／讓…吧 ／我們（一起）…吧	
		ようではないか		
	うる	うる	／可能 ／能	
え	える	える	／會	
お	おり	おり	／…的時候 ／正值…之際	
		おりに		
		おりには		
		おりから		

五十音順	文 法		中 譯	讀書計劃
か	か～まいか	か～まいか	／要不要… ／還是…	
	かい	かいがある	／總算值得 ／有了代價	
		かいがあって	／不枉…	
	がい	がい	／有意義的… ／值得的… ／…有回報的	
	かぎり	かぎり	／盡… ／喝盡… ／以…為限 ／到…為止	
		かぎり	／只要… ／據…而言	
		かぎりは		
		かぎりでは		
	がたい	がたい	／難以… ／很難… ／不能…	
	かとおもうと	かとおもうと	／剛一…就… ／剛…馬上就…	
		かとおもったら		
	か～ないかのうちに	か～ないかのうちに	／剛剛…就… ／一…（馬上）就…	
	かねる	かねる	／難以… ／不能… ／不便…	
		かねない	／很可能… ／也許會… ／說不定將會…	
	かのようだ	かのようだ	／像…一樣的 ／似乎…	

五十音順	文 法		中 譯	讀書計劃
か	から	からこそ	／正因為⋯ ／就是因為⋯	
		からして	／從⋯來看⋯	
		からすれば	／從⋯來看	
		からすると	／從⋯來說	
		からといって	／（不能）僅因⋯就⋯ ／即使⋯，也不能⋯ ／說是（因為）⋯	
		からみると	／從⋯來看 ／從⋯來說 ／根據⋯來看⋯的話	
		からみれば		
		からみて		
		からみても		
き	きり	きり〜ない	／⋯之後，再也沒有⋯ ／⋯之後就⋯	
く	くせして	くせして	／只不過是⋯ ／明明只是⋯ ／卻⋯	
け	げ	げ	／⋯的感覺 ／好像⋯的樣子	
こ	こと	ことから	／⋯是由於⋯ ／從⋯來看 ／因為⋯	
		ことだから	／因為是⋯，所以⋯	
		ことに	／令人感到⋯的是	
		ことには		
		ことなく	／不⋯ ／不⋯（就）⋯ ／不⋯地	
		こともなく		
さ	ざるをえない	ざるをえない	／不得不⋯ ／只好⋯ ／被迫⋯	

五十音順	文　法		中　譯	讀書計劃
し	しだい	しだい	／要看…如何 ／馬上… ／一…立即 ／…後立即…	
		しだいだ	／全憑…	
		しだいで	／要看…而定	
		しだいでは	／決定於…	
		しだいです	／由於… ／オ… ／所以…	
	じょう	じょう		
		じょうは	／從…來看 ／出於… ／鑑於…上	
		じょうでは		
		じょうの		
		じょうも		
す	すえ	すえ	／經過…最後 ／結果 ／結局最後…	
		すえに		
		すえの		
	ずにはいられない	ずにはいられない	／不得不… ／不由得… ／禁不住…	
そ	そう	そうにない	／不可能… ／根本不會…	
		そうもない		

五十音順		文　　法	中　　譯	讀書計劃
た	だけ	だけあって	／不愧是… ／也難怪…	
		だけでなく	／不只是…也… ／不光是…也…	
		だけに	／到底是… ／正因為…，所以更加… ／由於…，所以特別…	
		だけある	／到底沒白白… ／值得…	
		だけのことはある	／不愧是… ／也難怪…	
		だけましだ	／幸好 ／還好 ／好在…	
	たところが	たところが	／可是 ／然而…	
つ	っこない	っこない	／不可能… ／決不…	
	つつ	つつある	／正在…	
		つつ	／儘管… ／雖然…	
		つつも	／一邊…一邊…	
て	てかなわない	てかなわない	…得受不了	
		でかなわない	…死了	
	てこそ	てこそ	／只有…才（能） ／正因為…才…	
	てしかたがない	てしかたがない	／…得不得了	
		でしかたがない		
		てしょうがない		
		でしょうがない		
		てしようがない		
		でしようがない		

五十 音順	文　法		中　譯	讀書 計劃
て	てとうぜんだ	てとうぜんだ	／難怪…	
		てあたりまえだ	／本來就… ／…也是理所當然的	
	ていられない	ていられない	／不能再… ／哪還能…	
		てはいられない		
		てられない		
		てらんない		
	てばかりはい られない	てばかりはいられ ない	／不能一直… ／不能老是…	
		てばかりもいられ ない		
	てはならない	てはならない	／不能… ／不要…	
	てまで	てまで	／到…的地步 ／甚至… ／不惜…	
		までして		
と	といえば	といえば	／談到… ／提到…就…	
		といったら	／說起… ／不翻譯	
	というと	というと	／你說… ／提到…	
		っていうと	／要說… ／說到…	
		というものだ	／也就是… ／就是…	
		というものではない	／…可不是… ／並不是…	
		というものでもない	／並非…	

五十音順	文 法		中 譯	讀書計劃
と	どうにか	どうにか～ないものか	/能不能…	
		どうにか～ないものだろうか		
		なんとか～ないものか		
		なんとか～ないものだろうか		
		もうすこし～ないものか		
		もうすこし～ないものだろうか		
	とおもう	とおもうと	/原以為…，誰知是…	
		とおもったら	/覺得是…，結果果然…	
	どころ	どころか	/哪裡還… /非但… /簡直…	
		どころではない	/哪裡還能… /不是…的時候 /何止…	
	とはかぎらない	とはかぎらない	/也不一定… /未必…	
な	ない	ないうちに	/在未…之前，… /趁沒…	
		ないかぎり	/除非…，否則就… /只要不…，就…	
		ないことには	/要是不… /如果不…的話，就…	
		ないではいられない	/不能不… /忍不住要… /不禁要… /不…不行 /不由自主地…	
	ながら	ながら	/雖然…，但是… /儘管…	
		ながらも	/明明…卻…	

五十音順	文　　法		中　　譯	讀書計劃
に	にあたって	にあたって	／在…的時候	
		にあたり	／當…之時 ／當…之際	
	におうじて	におうじて	／根據… ／按照… ／隨著…	
	にかかわって	にかかわって	／關於… ／涉及…	
		にかかわり		
		にかかわる		
	にかかわらず	にかかわらず	／無論…與否… ／不管…都… ／儘管…也…	
	にかぎって	にかぎって	／只有… ／唯獨…是…的 ／獨獨…	
		にかぎり		
	にかけては	にかけては	／在…方面 ／關於… ／在…這一點上	
	にこたえて	にこたえて	／應… ／響應… ／回答 ／回應	
		にこたえ		
		にこたえる		
	にさいし	にさいし	／在…之際 ／當…的時候	
		にさいして		
		にさいしては		
		にさいしての		
	にさきだち	にさきだち	／在…之前・先… ／預先… ／事先…	
		にさきだつ		
		にさきだって		
	にしたがって	にしたがって	／依照… ／按照… ／隨著…	
		にしたがい		

五十音順	文法		中譯	讀書計劃
に	にしたら	にしたら	／對…來説 ／對…而言	
		にすれば		
		にしてみたら		
		にしてみれば		
	にしろ	にしろ	／無論…都… ／就算…，也… ／即使…，也…	
	にすぎない	にすぎない	／只是… ／只不過… ／不過是…而已 ／僅僅是…	
	にせよ	にせよ	／無論…都… ／就算…，也… ／即使…，也… ／…也好…也好	
		にもせよ		
	にそういない	にそういない	／一定是… ／肯定是…	
	にそって	にそって	／沿著… ／順著… ／按照…	
		にそい		
		にそう		
		にそった		
	につけ	につけ	／一…就… ／每當…就…	
		につけて		
		につけても		
	にて	にて	／以… ／用… ／因… ／…為止	
		でもって		
	にほかならない	にほかならない	／完全是… ／不外乎是… ／其實是… ／無非是…	

五十音順	文　法		中　譯	讀書計劃
に	にもかかわらず	にもかかわらず	╱雖然…，但是… ╱儘管…，卻… ╱雖然…，卻…	
ぬ	ぬき	ぬきで	╱省去… ╱沒有… ╱如果沒有…(，就無法…) ╱沒有…的話	
		ぬきに		
		ぬきの		
		ぬきには		
		ぬきでは		
	ぬく	ぬく	╱穿越 ╱超越 ╱…做到底	
ね	ねばならない	ねばならない	╱必須… ╱不能不…	
		ねばならぬ		
の	のうえでは	のうえでは	╱…上	
	のみならず	のみならず	╱不僅…，也… ╱不僅…，而且… ╱非但…尚且…	
	のもとで	のもとで	╱在…之下	
		のもとに		
	のももっともだ	のももっともだ	╱也是應該的 ╱也不是沒有道理的	
		のはもっともだ		
は	ばかり	ばかりだ	╱一直…下去 ╱越來越… ╱只等… ╱只剩下…就好了	
		ばかりに	╱就因為… ╱都是因為…，結果…	
	はともかく	はともかく	╱姑且不管… ╱…先不管它	
		はともかくとして		
	はまだしも	はまだしも	╱若是…還說得過去 ╱(可是)… ╱若是…還算可以…	
		ならまだしも		

五十音順		文　法		中　譯	讀書計劃
ふ	ぶり	ぶり	／…的樣子 ／…的狀態	
		っぷり	／…的情況 ／相隔…	
へ	べきではない	べきではない	／不應該…	
ほ	ほど	ほどだ	／幾乎… ／簡直…	
		ほどの		
		ほど～はない	／沒有比…更…	
ま	まい	まい	／不打算… ／大概不會… ／該不會…吧	
	まま	まま	／就這樣…	
		まま	／隨著…	
		ままに	／任憑…	
も	も～ば～も	も～ば～も	／既…又… ／也…也…	
		も～なら～も		
	も～なら～も	も～なら～も	／…不…、…也不… ／…有…的不對，…有…的不是	
	もかまわず	もかまわず	／（連…都）不顧… ／不理睬… ／不介意…	
	もどうぜんだ	もどうぜんだ	／…沒兩樣… ／就像是…	
	もの	ものがある	／有…的價值 ／確實有…的一面 ／非常…	
		ものだ	／以前… ／…就是… ／本來就該… ／應該…	
		ものなら	／如果能…的話 ／要是能…就…	
		ものの	／雖然…但是	

五十音順	文　法			中　譯	讀書計劃
や	やら	やら～やら		╱…啦…啦 ╱又…又…	
を	を～として	を～として		╱把…視為…（的） ╱把…當做…（的）	
		を～とする			
		を～とした			
	をきっかけに	をきっかけに		╱以…為契機 ╱自從…之後 ╱以…為開端	
		をきっかけにして			
		をきっかけとして			
	をけいきとして	をけいきとして		╱趁著… ╱自從…之後 ╱以…為動機	
		をけいきに			
		をけいきにして			
	をたよりに	をたよりに		╱靠著… ╱憑藉…	
		をたよりとして			
		をたよりにして			
	をとわず	をとわず		╱無論…都… ╱不分… ╱不管…，都…	
		はとわず			
	をぬきにして	をぬきにして		╱沒有…就（不能）… ╱去掉… ╱停止…	
		をぬきにしては			
		をぬきにしても			
		はぬきにして			
	をめぐって	をめぐって		╱圍繞著… ╱環繞著…	
		をめぐっては			
		をめぐる			
	をもとに	をもとに		╱以…為根據 ╱以…為參考 ╱在…基礎上	
		をもとにして			
		をもとにした			

文型接續解說

▶ **動詞**─動詞一般常見的型態，包含動詞辭書形、動詞連體形、動詞終止形、動詞性名詞＋の、動詞未然形、動詞意向形、動詞連用形、動詞連用形ている、動詞可能形連體形…等。其接續方法，跟用語的表現方法有：

用語1	後續	用語2	用例
未然形	ない、ぬ（ん）、まい	ない形	読まない、見まい
	せる、させる	使役形	読ませる、見させる
	れる、られる	受身形	読まれる、見られる
	れる、られる、可能動詞	可能形	見られる、書ける
意向形	う、よう	意向形	読もう、見よう
連用形	連接用言		読み終わる
	用於中頓		新聞を読み、意見をまとめる
	用作名詞		読みに行く
	ます、た、たら、たい、そうだ（樣態）。	ます：ます形 た：た形 たら：たら形	読みます、読んだ、読んだら
	て、ても、たり、ながら、つつ等	て：て形 たり：たり形	見て、読んで、読んだり、見たり
終止形	用於結束句子		読む
	だ（だろう）、まい、らしい、そうだ（傳聞）		読むだろう、読むまい、読むらしい
	と、から、が、けれども、し、なり、や、か、な（禁止）、な（あ）、ぞ、さ、とも、よ等		読むと、読むから、読むけれども、読むな、読むぞ
連體形	連接體言或體言性質的詞語	普通形、基本形、辭書形	読む本
	助動詞：たようだ	同上	読んだ、読むように
	助詞：の（轉為形式體言）、より、のに、ので、ぐらい、ほど、ばかり、だけ、まで、きり等	同上	読むのが、読むのに、読むだけ
假定形	後續助詞ば（表示假定條件或其他意思）		読めば
命令形	表示命令的意思		読め

▶ **形容詞**—日本的文法中,形容詞又可分為「語幹」和「語尾」兩個部份。「語幹」指的是形容詞、形容動詞中,不會產生變化的部份;「語尾」指的是形容詞、形容動詞中,會產生變化的部份。

例如「面白い」:今日はとても面白かったです。

由上可知,「面白」是語幹,「い」是語尾。其用言除了沒有命令形之外,其他跟動詞一樣,也都有未然形、連用形、終止形、連體形、假定形。

形容詞一般常見的型態,包含形容詞‧形容動詞連體形、形容詞‧形容動詞連用形、形容詞‧形容動詞語幹…等。

形容詞用例	語幹	語　尾　活　用　詞					
		未然形‧意量形	連用形		終止形	連體形	假定形	命令形
おもしろい	おもしろ	～かろ	～く	～かっ	～い	～い	～けれ	X
主要接續		接う	接て、なる等	接た等	終止句子	接體言	接ば	X

形容動詞用例	語幹	語　尾　活　用　詞					
		未然形‧意量形	連用形		終止形	連體形	假定形	命令形
たいへんだ（常體）	たいへん	～だろ	～だっ～で～に		～だ	～な	～なら	X
たいへんです（敬體）	たいへん	～でしょ	～でし		～です	～です	X	X
主要接續		接う	接なる、た		終止句子	接體言	接ば	X

▶ **用言**—用言是指可以「活用」（詞形變化）的詞類。其種類包括動詞、形容詞、形容動詞、助動詞等，也就是指這些會因文法因素，而型態上會產生變化的詞類。用言的活用方式，一般日語詞典都有記載，一般常見的型態有用言未然形、用言終止形、用言連體形、用言連用形、用言假定形…等。

▶ **體言**—體言包括「名詞」和「代名詞」。和用言不同，日文文法中的名詞和代名詞，本身不會因為文法因素而改變型態。這一點和英文文法也不一樣，例如英文文法中，名詞有單複數的型態之分（sport / sports），代名詞有主格、所有格、受格（he / his / him）等之分。

MEMO

日檢文法

N2

新制對應！

一、什麼是新日本語能力試驗呢

1. 新制「日語能力測驗」

2. 認證基準

3. 測驗科目

4. 測驗成績

二、新日本語能力試驗的考試內容

N2　題型分析

*以上內容摘譯自「國際交流基金日本國際教育支援協會」的
　「新しい『日本語能力試驗』ガイドブック」。

一、什麼是新日本語能力試驗呢

1. 新制「日語能力測驗」

從2010年起實施的新制「日語能力測驗」（以下簡稱為新制測驗）。

1－1 實施對象與目的

新制測驗與舊制測驗相同，原則上，實施對象為非以日語作為母語者。其目的在於，為廣泛階層的學習與使用日語者舉行測驗，以及認證其日語能力。

1－2 改制的重點

改制的重點有以下四項：

1 測驗解決各種問題所需的語言溝通能力

新制測驗重視的是結合日語的相關知識，以及實際活用的日語能力。因此，擬針對以下兩項舉行測驗：一是文字、語彙、文法這三項語言知識；二是活用這些語言知識解決各種溝通問題的能力。

2 由四個級數增為五個級數

新制測驗由舊制測驗的四個級數（1級、2級、3級、4級），增加為五個級數（N1、N2、N3、N4、N5）。新制測驗與舊制測驗的級數對照，如下所示。最大的不同是在舊制測驗的2級與3級之間，新增了N3級數。

N1	難易度比舊制測驗的1級稍難。合格基準與舊制測驗幾乎相同。
N2	難易度與舊制測驗的2級幾乎相同。
N3	難易度介於舊制測驗的2級與3級之間。（新增）
N4	難易度與舊制測驗的3級幾乎相同。
N5	難易度與舊制測驗的4級幾乎相同。

＊「N」代表「Nihongo（日語）」以及「New（新的）」。

3 施行「得分等化」

由於在不同時期實施的測驗，其試題均不相同，無論如何慎重出題，每次測驗的難易度總會有或多或少的差異。因此在新制測驗中，導入「等化」的計分方式後，便能將不同時期的測驗分數，共同量尺上相互比較。因此，無論是在什麼時候接受測驗，只要是相同級數的測驗，其得分均可予以比較。目前全球幾種主要的語言測驗，均廣泛採用這種「得分等化」的計分方式。

4 提供「日本語能力試驗Can-do 自我評量表」（簡稱JLPT Can-do）

為了瞭解通過各級數測驗者的實際日語能力，新制測驗經過調查後，提供「日本語能力試驗Can-do 自我評量表」。該表列載通過測驗認證者的實際日語能力範例。希望通過測驗認證者本人以及其他人，皆可藉由該表格，更加具體明瞭測驗成績代表的意義。

1-3 所謂「解決各種問題所需的語言溝通能力」

我們在生活中會面對各式各樣的「問題」。例如，「看著地圖前往目的地」或是「讀著說明書使用電器用品」等等。種種問題有時需要語言的協助，有時候不需要。

為了順利完成需要語言協助的問題，我們必須具備「語言知識」，例如文字、發音、語彙的相關知識、組合語詞成為文章段落的文法知識、判斷串連文句的順序以便清楚說明的知識等等。此外，亦必須能配合當前的問題，擁有實際運用自己所具備的語言知識的能力。

舉個例子，我們來想一想關於「聽了氣象預報以後，得知東京明天的天氣」這個課題。想要「知道東京明天的天氣」，必須具備以下的知識：「晴れ（晴天）、くもり（陰天）、雨（雨天）」等代表天氣的語彙；「東京は明日は晴れでしょう（東京明日應是晴天）」的文句結構；還有，也要知道氣象預報的播報順序等。除此以外，尚須能從播報的各地氣象中，分辨出哪一則是東京的天氣。

如上所述的「運用包含文字、語彙、文法的語言知識做語言溝通，進而具備解決各種問題所需的語言溝通能力」，在新制測驗中稱為「解決各種問題所需的語言溝通能力」。

　　新制測驗將「解決各種問題所需的語言溝通能力」分成以下「語言知識」、「讀解」、「聽解」等三個項目做測驗。

語言知識	各種問題所需之日語的文字、語彙、文法的相關知識。
讀　解	運用語言知識以理解文字內容，具備解決各種問題所需的能力。
聽　解	運用語言知識以理解口語內容，具備解決各種問題所需的能力。

　　作答方式與舊制測驗相同，將多重選項的答案劃記於答案卡上。此外，並沒有直接測驗口語或書寫能力的科目。

2. 認證基準

　　新制測驗共分為N1、N2、N3、N4、N5五個級數。最容易的級數為N5，最困難的級數為N1。

　　與舊制測驗最大的不同，在於由四個級數增加為五個級數。以往有許多通過3級認證者常抱怨「遲遲無法取得2級認證」。為因應這種情況，於舊制測驗的2級與3級之間，新增了N3級數。

　　新制測驗級數的認證基準，如表1的「讀」與「聽」的語言動作所示。該表雖未明載，但應試者也必須具備表現各語言動作所需的語言知識。

　　N4與N5主要是測驗應試者在教室習得的基礎日語的理解程度；N1與N2是測驗應試者於現實生活的廣泛情境下，對日語理解程度；至於新增的N3，則是介於N1與N2，以及N4與N5之間的「過渡」級數。關於各級數的「讀」與「聽」的具體題材（內容），請參照表1。

■ 表1 新「日語能力測驗」認證基準

	級數	認證基準
		各級數的認證基準，如以下【讀】與【聽】的語言動作所示。各級數亦必須具備有表現各語言動作所需的語言知識。
困難 ＊ ↑	N1	能理解在廣泛情境下所使用的日語 【讀】・可閱讀話題廣泛的報紙社論與評論等論述性較複雜及較抽象的文章，且能理解其文章結構與內容。 　　・可閱讀各種話題內容較具深度的讀物，且能理解其脈絡及詳細的表達意涵。 【聽】・在廣泛情境下，可聽懂常速且連貫的對話、新聞報導及講課，且能充分理解話題走向、內容、人物關係、以及說話內容的論述結構等，並確實掌握其大意。
	N2	除日常生活所使用的日語之外，也能大致理解較廣泛情境下的日語 【讀】・可看懂報紙與雜誌所刊載的各類報導，解說、簡易評論等主旨明確的文章。 　　・可閱讀一般話題的讀物，並能理解其脈絡及表達意涵。 【聽】・除日常生活情境外，在大部分的情境下，可聽懂接近常速且連貫的對話與新聞報導，亦能理解其話題走向、內容、以及人物關係，並可掌握其大意。
	N3	能大致理解日常生活所使用的日語 【讀】・可看懂與日常生活相關的具體內容的文章。 　　・可由報紙標題等，掌握概要的資訊。 　　・於日常生活情境下接觸難度稍高的文章，經換個方式敘述，即可理解其大意。 【聽】・在日常生活情境下，面對稍微接近常速且連貫的對話，經彙整談話的具體內容與人物關係等資訊後，即可大致理解。
＊ 容易 ↓	N4	能理解基礎日語 【讀】・可看懂以基本語彙及漢字描述的貼近日常生活相關話題的文章。 【聽】・可大致聽懂速度較慢的日常會話。
	N5	能大致理解基礎日語 【讀】・可看懂以平假名、片假名或一般日常生活使用的基本漢字所書寫的固定詞句、短文、以及文章。 【聽】・在課堂上或周遭等日常生活中常接觸的情境下，如為速度較慢的簡短對話，可從中聽取必要資訊。

＊N1最難，N5最簡單。

3. 測驗科目

　　新制測驗的測驗科目與測驗時間如表2所示。

■ 表2　測驗科目與測驗時間 ＊①

級數	測驗科目（測驗時間）			
N1	語言知識（文字、語彙、文法）、讀解（110分）		聽解（60分）	→ 測驗科目為「語言知識（文字、語彙、文法）、讀解」；以及「聽解」共2科目。
N2	語言知識（文字、語彙、文法）、讀解（105分）		聽解（50分）	→
N3	語言知識（文字、語彙）（30分）	語言知識（文法）、讀解（70分）	聽解（40分）	→ 測驗科目為「語言知識（文字、語彙）」；「語言知識（文法）、讀解」；以及「聽解」共3科目。
N4	語言知識（文字、語彙）（30分）	語言知識（文法）、讀解（60分）	聽解（35分）	→
N5	語言知識（文字、語彙）（25分）	語言知識（文法）、讀解（50分）	聽解（30分）	→

　　N1與N2的測驗科目為「語言知識（文字、語彙、文法）、讀解」以及「聽解」共2科目；N3、N4、N5的測驗科目為「語言知識（文字、語彙）」、「語言知識（文法）、讀解」、「聽解」共3科目。

　　由於N3、N4、N5的試題中，包含較少的漢字、語彙、以及文法項目，因此當與N1、N2測驗相同的「語言知識（文字、語彙、文法）、讀解」科目時，有時會使某幾道試題成為其他題目的提示。為避免這個情況，因此將「語言知識（文字、語彙、文法）、讀解」，分成「語言知識（文字、語彙）」和「語言知識（文法）、讀解」施測。

＊①：聽解因測驗試題的錄音長度不同，致使測驗時間會有些許差異。

4. 測驗成績

4－1 量尺得分

舊制測驗的得分，答對的題數以「原始得分」呈現；相對的，新制測驗的得分以「量尺得分」呈現。

「量尺得分」是經過「等化」轉換後所得的分數。以下，本手冊將新制測驗的「量尺得分」，簡稱為「得分」。

4－2 測驗成績的呈現

新制測驗的測驗成績，如表3的計分科目所示。N1、N2、N3的計分科目分為「語言知識（文字、語彙、文法）」、「讀解」、以及「聽解」3項；N4、N5的計分科目分為「語言知識（文字、語彙、文法）、讀解」以及「聽解」2項。

會將N4、N5的「語言知識（文字、語彙、文法）」和「讀解」合併成一項，是因為在學習日語的基礎階段，「語言知識」與「讀解」方面的重疊性高，所以將「語言知識」與「讀解」合併計分，比較符合學習者於該階段的日語能力特徵。

■ 表3 各級數的計分科目及得分範圍

級數	計分科目	得分範圍
N1	語言知識（文字、語彙、文法）	0～60
	讀解	0～60
	聽解	0～60
	總分	0～180
N2	語言知識（文字、語彙、文法）	0～60
	讀解	0～60
	聽解	0～60
	總分	0～180
N3	語言知識（文字、語彙、文法）	0～60
	讀解	0～60
	聽解	0～60
	總分	0～180

N4	語言知識（文字、語彙、文法）、讀解	0～120
	聽解	0～60
	總分	0～180
N5	語言知識（文字、語彙、文法）、讀解	0～120
	聽解	0～60
	總分	0～180

　　各級數的得分範圍，如表3所示。N1、N2、N3的「語言知識（文字、語彙、文法）」、「讀解」、「聽解」的得分範圍各為0～60分，三項合計的總分範圍是0～180分。「語言知識（文字、語彙、文法）」、「讀解」、「聽解」各占總分的比例是1：1：1。

　　N4、N5的「語言知識（文字、語彙、文法）、讀解」的得分範圍為0～120分，「聽解」的得分範圍為0～60分，二項合計的總分範圍是0～180分。「語言知識（文字、語彙、文法）、讀解」與「聽解」各占總分的比例是2：1。還有，「語言知識（文字、語彙、文法）、讀解」的得分，不能拆解成「語言知識（文字、語彙、文法）」與「讀解」二項。

　　除此之外，在所有的級數中，「聽解」均占總分的三分之一，較舊制測驗的四分之一為高。

4-3　合格基準

　　舊制測驗是以總分作為合格基準；相對的，新制測驗是以總分與分項成績的門檻二者作為合格基準。所謂的門檻，是指各分項成績至少必須高於該分數。假如有一科分項成績未達門檻，無論總分有多高，都不合格。

新制測驗設定各分項成績門檻的目的，在於綜合評定學習者的日語能力，須符合以下二項條件才能判定為合格：①總分達合格分數（＝通過標準）以上；②各分項成績達各分項合格分數（＝通過門檻）以上。如有一科分項成績未達門檻，無論總分多高，也會判定為不合格。

N1-N3及N4、N5之分項成績有所不同，各級總分通過標準及各分項成績通過門檻如下所示：

級數	總分		分項成績					
			言語知識（文字·語彙·文法）		讀解		聽解	
	得分範圍	通過標準	得分範圍	通過門檻	得分範圍	通過門檻	得分範圍	通過門檻
N1	0～180分	100分	0～60分	19分	0～60分	19分	0～60分	19分
N2	0～180分	90分	0～60分	19分	0～60分	19分	0～60分	19分
N3	0～180分	95分	0～60分	19分	0～60分	19分	0～60分	19分

級數	總分		分項成績					
			言語知識（文字·語彙·文法）		讀解		聽解	
	得分範圍	通過標準	得分範圍	通過門檻	得分範圍	通過門檻	得分範圍	通過門檻
N4	0～180分	90分	0～120分	38分	0～60分	19分	0～60分	19分
N5	0～180分	80分	0～120分	38分	0～60分	19分	0～60分	19分

※上列通過標準自2010年第1回(7月)【N4、N5為2010年第2回(12月)】起適用。

缺考其中任一測驗科目者，即判定為不合格。寄發「合否結果通知書」時，含已應考之測驗科目在內，成績均不計分亦不告知。

4－4 測驗結果通知

依級數判定是否合格後，寄發「合否結果通知書」予應試者；合格者同時寄發「日本語能力認定書」。

■ N1, N2, N3

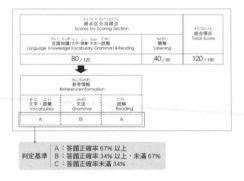

■ N4, N5

判定基準	A：答題正確率 67% 以上
	B：答題正確率 34% 以上，未滿 67%
	C：答題正確率未滿 34%

※ 各節測驗如有一節缺考就不予計分，即判定為不合格。雖會寄發「合否結果通知書」但所有分項成績，含已出席科目在內，均不予計分。各欄成績以「*」表示，如「**/60」。

※ 所有科目皆缺席者，不寄發「合否結果通知書」。

二、新日本語能力試驗的考試內容

N2 題型分析

<table>
<tr><td rowspan="2" colspan="2">測驗科目
（測驗時間）</td><td colspan="4">試題內容</td></tr>
<tr><td colspan="2">題型</td><td>小題題數 *</td><td>分析</td></tr>
<tr><td rowspan="18">語言知識、讀解
(105分)</td><td rowspan="6">文字、語彙</td><td>1</td><td>漢字讀音 ◇</td><td>5</td><td>測驗漢字語彙的讀音。</td></tr>
<tr><td>2</td><td>假名漢字寫法 ◇</td><td>5</td><td>測驗平假名語彙的漢字寫法。</td></tr>
<tr><td>3</td><td>複合語彙 ◇</td><td>5</td><td>測驗關於衍生語彙及複合語彙的知識。</td></tr>
<tr><td>4</td><td>選擇文脈語彙 ○</td><td>7</td><td>測驗根據文脈選擇適切語彙。</td></tr>
<tr><td>5</td><td>替換類義詞 ○</td><td>5</td><td>測驗根據試題的語彙或說法，選擇類義詞或類義說法。</td></tr>
<tr><td>6</td><td>語彙用法 ○</td><td>5</td><td>測驗試題的語彙在文句裡的用法。</td></tr>
<tr><td rowspan="3">文法</td><td>7</td><td>文句的文法1
（文法形式判斷） ○</td><td>12</td><td>測驗辨別哪種文法形式符合文句內容。</td></tr>
<tr><td>8</td><td>文句的文法2
（文句組構） ◆</td><td>5</td><td>測驗是否能夠組織文法正確且文義通順的句子。</td></tr>
<tr><td>9</td><td>文章段落的文法</td><td>5</td><td>測驗辨別該文句有無符合文脈。</td></tr>
<tr><td rowspan="3">讀解 *</td><td>10</td><td>理解內容
（短文） ○</td><td>5</td><td>於讀完包含生活與工作之各種題材的說明文或指示文等，約200字左右的文章段落之後，測驗是否能夠理解其內容。</td></tr>
<tr><td>11</td><td>理解內容
（中文） ○</td><td>9</td><td>於讀完包含內容較為平易的評論、解說、散文等，約500字左右的文章段落之後，測驗是否能夠理解其因果關係或理由、概要或作者的想法等等。</td></tr>
<tr><td>12</td><td>綜合理解 ◆</td><td>2</td><td>於讀完幾段文章（合計600字左右）之後，測驗是否能夠將之綜合比較並且理解其內容。</td></tr>
</table>

		13	理解想法 （長文）	◇	3	於讀完理論展開較為明快的評論等，約900字左右的文章段落之後，測驗是否能夠掌握全文欲表達的想法或意見。
讀解 *		14	彙整資訊	◆	2	測驗是否能夠從廣告、傳單、提供訊息的各類雜誌、商業文書等資訊題材（700字左右）中，找出所需的訊息。
聽解 (50分)		1	課題理解	◇	5	於聽取完整的會話段落之後，測驗是否能夠理解其內容（於聽完解決問題所需的具體訊息之後，測驗是否能夠理解應當採取的下一個適切步驟）。
		2	要點理解	◇	6	於聽取完整的會話段落之後，測驗是否能夠理解其內容（依據剛才已聽過的提示，測驗是否能夠抓住應當聽取的重點）。
		3	概要理解	◇	5	於聽取完整的會話段落之後，測驗是否能夠理解其內容（測驗是否能夠從整段會話中理解說話者的用意與想法）。
		4	即時應答	◆	12	於聽完簡短的詢問之後，測驗是否能夠選擇適切的應答。
		5	綜合理解	◇	4	於聽完較長的會話段落之後，測驗是否能夠將之綜合比較並且理解其內容。

* 「小題題數」為每次測驗的約略題數，與實際測驗時的題數可能未盡相同。此外，亦有可能會變更小題題數。

* 有時在「讀解」科目中，同一段文章可能會有數道小題。

* 符號標示：「◆」舊制測驗沒有出現過的嶄新題型；「◇」沿襲舊制測驗的題型，但是更動部分形式；「○」與舊制測驗一樣的題型。

資料來源：《日本語能力試驗JLPT官方網站：分項成績，合格判定，合否結果通知》，2016年1月11日，取自：http://www.jlpt.jp/tw/guideline/results.html

～あげく（に／の）

…到最後、…、結果…

類義表現
～たすえ、～結果
結果…

接続方法▶【動詞性名詞の；動詞過去式】＋あげく（に／の）

1 表示事物最終的結果，指經過前面一番波折和努力所達到的最後結果，後句的結果多因前句，而造成精神上的負擔或麻煩，多用在消極的場合，如例（1）～（3）。

2 後接體言時，用「あげくの＋體言」，如例（4）。

3 慣用表現「あげくの果て」為「あげく」的強調說法，如例（5）。

例1 年月をかけた準備のあげく、失敗してしまいました。

花費多年準備，結果卻失敗了。

為了一項新的研究，花了 2、3 年日夜不眠不休找資料、整理資料。

但沒想到新的研究，竟然沒通過。「あげく」就用在結果是消極的時候。

2 口論のあげくに、殴り合いになった。

吵了一陣子，最後打了起來。

3 考えたあげく、やっぱり彼にこのことは言わないことにした。

考慮了很久，最終還是決定不告訴他這件事。

4 家の売却は、さんざん迷ったあげくの決断だった。

賣掉房子是左思右想了老半天之後的決定。

5 市長も副市長も収賄で捕まって、あげくの果ては知事まで捕まった。

市長和副市長都因涉嫌收賄而遭到逮捕，到最後甚至連知事也被逮捕了。

grammar 002

～あまり（に）

由於過度…、因過於…、過…

類義表現

あまりに～ので
因過於…

接続方法▶【體言の；用言連體形】＋あまり（に）

1 表示由於前句某種感情、感覺的程度過甚，而導致後句的結果。前句表示原因，後句的結果一般是消極的，如例（1）～（4）。

2 表示某種程度過甚的原因，導致後項結果，為「由於太…才…」之意，常用「あまりの＋形容詞詞幹＋さ＋に」的形式，如例（5）。

例1 焦るあまり、大事なところを見落としてしまった。

由於過度著急，而忽略了重要的地方。

今天的發表會，因為來了 30 幾個廠商，所以太緊張了（前句原因）。

竟然漏說了產品的優勢部分（後句消極結果）。「由於過度…」就用「あまり」。

---

2 父の死を聞いて、驚きのあまり言葉を失った。

聽到父親的死訊，在過度震驚之下說不出話來。

3 お金がほしいあまりに、会社の金を取って逃げた。

由於太需要錢，因而盜領公款後逃逸了。

4 読書に熱中したあまり、時間がたつのをすっかり忘れてしまいました。

由於沉浸在書中世界，渾然忘記了時光的流逝。

5 あまりの暑さに（≒暑さのあまり）、倒れて救急車で運ばれた。

在極度的酷熱之中昏倒，被送上救護車載走。

～いじょう（は）

既然…、既然…，就…

類義表現
～からは、～からには 既然…，就…

接續方法 ▶【用言連體形】＋以上（は）

由於前句某種決心或責任，後句便根據前項表達相對應的決心、義務或奉勸。有接續助詞作用。

例 1 引き受ける以上は、最後までやり通すつもりだ。

既然已經接下這件事，我會有始有終完成它的。

既然答應要替雜誌社寫一篇文章（某種責任）。

無論如何，都要把這篇文章寫出來（相對應的決心）。

2 彼の決意が固い以上、止めても無駄だ。
既然他已經下定決心，就算想阻止也是沒用的。

3 両親は退職したが、まだ元気な以上、同居して面倒を見る必要はない。

父母雖然已經退休了，既然身體還很硬朗，就不必住在一起照顧他們。

4 大学を出た以上、仕事を探さなければならない。
既然已從大學畢業，就必須找工作不可。

5 彼女に子供ができた以上は、責任を取って結婚します。
既然女友已經懷孕，我會負起責任和她結婚。

grammar 004 ～いっぽう（で）

在…的同時，還…、一方面…、
另一方面…

類義表現
～とともに、～と同時に
…的同時

接続方法▶【動詞連體形】＋一方（で）
前句說明在做某件事的同時，後句多敘述可以互相補充做另一件事。

例1 景気がよくなる一方で、人々のやる気も出てきている。

在景氣好轉的同時，人們也更有幹勁了。

日本大復甦了，各行各業
都有不錯的業績（前句說
明某件事）。

在這同時「一方」，許
多人也更有幹勁了（後
句再進行補充）。

---

2 わが社は、家具の生産をする一方、販売も行っています。

敝公司一方面生產家具，一方面也進行販賣。

3 短期的な計画を立てる一方で、長期的な構想も持つべきだ。

一方面擬定短期計畫，另一方面也該做長期的規畫。

4 地球上には豊かな人がいる一方で、明日の食べ物すら
ない人もたくさんいる。

地球上有人豐衣足食，但另一方面卻有許多人，連明天的食物都沒有。

5 今の若者は、親を軽視している一方で、親に頼っている。

現在的年輕人，瞧不起父母的同時，又很依賴父母。

～うえ（に）

…而且…、不僅…、而且…、在…之上，又…

類義表現
～だけでなく
不只…還…

接續方法▶【體言の；用言連體形】＋上（に）

表示追加、補充同類的內容。在本來就有的某種情況之外，另外還有比前面更甚的情況。

例1 主婦は、家事の上に育児もしなければなりません。

家庭主婦不僅要做家事，而且還要帶孩子。

家庭主婦可是很辛苦的喔！除了洗衣、打掃、做菜以外。

還要帶孩子（補充同類且更辛苦的內容）。

2 この部屋は、眺めがいい上に清潔です。

這房子不僅景觀好，而且很乾淨。

3 この魚屋の魚は、新鮮な上に値段も安い。

這家魚鋪賣的魚不但新鮮，而且價錢便宜。

4 先生に叱られた上、家に帰ってから両親にまた叱られた。

不但被老師責罵，回到家後又挨爸媽罵了。

5 彼女は美人である上、優しいので、みんなの人気者です。

她不但長得漂亮，而且個性溫柔，因此廣受大家的喜愛。

grammar
006

〜うえで（の）

在…之後、…以後…、之後（再）…

1 【體言の；動詞過去式】＋上で（の）。表示兩動作間時間上的先後關係。先進行前一動作，後面再根據前面的結果，採取下一個動作，如例（1）、（2）。

2 【動詞連體形；體言の】＋上で（の）。表示做某事是為了達到某種目的，用於陳述重要事項、注意要點，如例（3）、（4）。

3 【動詞連體形】＋上で（の）。表示進行前者的過程中，發生後者，如例（5）。

例1 土地を買った上で、建てる家を設計しましょう。

買了土地以後，再設計房子。

先買好土地（先進行的動作）。

買好了土地，再設計蓋房子（根據前面的結果，採取下一個動作）。

2 内容をご確認いただいた上で、サインをお願いします。

敬請於確認內容以後簽名。

3 工藤から、海外赴任の上でのアドバイスをもらった。

工藤給了我關於轉調國外工作時的建議。

4 誠実であることは、生きていく上で大切だ。

秉持誠實是人生的重要操守。

5 商売をする上で、嫌な相手に頭を下げることもあった。

既然是做生意，有時也得向討厭的人低頭。

grammar 007

〜うえは

既然…、既然…就…

類義表現
〜以上、〜からは
既然…就…

接續方法▶【動詞連體形】＋上は
前接表示某種決心、責任等行為的詞，後續表示必須採取跟前面相對應的動作。後句是說話人的判斷、決定或勸告。有接續助詞作用。

例 1 会社をクビになった上は、屋台でもやるしかない。

既然被公司炒魷魚，就只有開路邊攤了。

既然被公司炒魷魚了。

就只有開路邊攤了（後續相對應的動作）。

2 やると決めた上は、最後までやり抜きます。

既然決定要做了，就會堅持到最後一刻。

3 日本に留学する上は、きっとペラペラになって帰ってくる。

既然在日本留學，想必將學得一口流利的日語之後歸國。

4 試合に出ると言ってしまった上は、トレーニングをしなければなりません。

既然說要參加比賽，那就得練習了。

5 大臣の不正が明らかになった上は、首相も責任が問われるだろう。

既然部長的舞弊已經遭到了揭發，想必首相也會被追究相關責任吧。

grammar 008

～うではないか、ようではないか

讓…吧、我們（一起）…吧

類義表現

(一緒に) ～しようよ
我們（一起）…吧

接續方法▶【動詞意向形】＋うではないか、ようではないか

1 表示提議或邀請對方跟自己共同做某事，或是一種委婉的命令，常用在演講上，是稍微拘泥於形式的說法，一般為男性使用，如例（1）～（4）。

2 口語常說成「～うじゃないか、ようじゃないか」，如例（5）。

例1 皆で協力して困難を乗り越えようではありませんか。

讓我們同心協力共度難關吧！

要同甘就得要先共苦！

遇到困難，那麼大家就同心協力度過難關吧（提議對方跟自己共同做某事）！

2 たいへんだけれど、がんばろうではないか。

雖然很辛苦，我們就加油吧！

3 かかった費用を、会社に請求しようではないか。

花費的費用，就跟公司申請吧！

4 力を合わせて、よりよい社会を作っていこうではありませんか。

我們是不是應該同心協力，一起打造一個更美好的社會呢？

5 よし、その方法でやってみようじゃないか。

好，不妨用那個辦法來試一試吧！

grammar 009

～うる、える

可能、能、會

類義表現
～できる、～の可能性がある
…會；有可能…

接續方法 ▶【動詞連用形】＋得る

1 表示可以採取這一動作，有發生這種事情的可能性，有接尾詞的作用，如例（1）～（3）。ます形是「えます」，た形是「えた」。

2 如果是否定形（只有「～えない」，沒有「～うない」），就表示不能採取這一動作，沒有發生這種事情的可能性，如例（4）、（5）。

例1 コンピューターを使えば、大量のデータを計算し得る。

利用電腦，就能統計大量的資料。

科技日新月異，只要使用電腦。

就有可能計算大量的資料喔（說明有計算大量資料的可能性）。

2 どんなことでもあり得るのが今日の科学の力だ。

現在的科學力量就是無奇不有。

3 澎湖で海割れを見て、モーゼの海割れは起こり得たと思った。

在澎湖目睹分海的奇景，不由得想到了「摩西分紅海」或許真有其事。

4 そんなひどい状況は、想像し得ない。

那種慘狀，真叫人難以想像。

5 その環境では、生物は生存し得ない。

那種環境讓生物難以生存。

grammar
010

～おり（に／には）、おりから

…的時候、正值…之際

1【體言の；用言連體形】＋折（に／には）。「折」是流逝的時間中的某一個時間點，表示機會、時機的意思，說法較為鄭重、客氣，如例（1）～（4）。

2【體言の；動詞・形容詞連體形】＋折から。「折から」大多用在書信中，表示季節、時節的意思，先敘述此天候不佳之際，後面再接請對方多保重等關心話，說法較為鄭重、客氣。由於屬於較拘謹的書面語，有時會用古語形式，如例（5）的「厳しい」可改用古語「厳しき」。

例1 先生には３年前に帰国した折、お会いしたきりですね。

跟老師最後一次見面，是在三年前回國的時候了。

由於工作的關係，長年在國外打拼，久久才能回國一次。

跟老師最後一次見面是在什麼時候呢？看到「折」前接「三年前に帰国した」，知道是三年前回國的時候。

---

2 上京の折には、ぜひ見学にお越しください。

到東京來的時候，請務必光臨參觀。

3 それについては、また何かの折に改めてお話ししましょう。

關於那件事，再另找機會告訴您吧。

4 入院していたとき、妹が、出産を控えて大変な折にもかかわらず見舞いにきてくれた。

當時住院的時候，儘管妹妹臨盆在即，依然挺著一個大肚子特地來探病。

5 寒さ厳しい折から、お風邪など召しませんよう、お気を付けください。

時序進入嚴寒冬季，請格外留意勿受風寒。

～か～まいか

要不要…、還是…

接續方法▶【動詞意向形＋う】＋か＋【五段動詞辭書形；上一・下一動詞未然形；サ變・カ變動詞未然形・終止形】＋まいか

表示說話者在迷惘是否要做某件事情，後面可以接「悩む」、「迷う」等動詞。

例1 受かったら日本に留学しようかすまいか、どうしようかなあ。

考上後要不要去日本留學呢？該怎麼辦才好？

決心的心情。雖然報名了留學考，但到底要不要去日本唸書，我還在猶豫呢…

「かまいか」展現了說話者難以下定決心的心情。

2 来ようか来まいか迷ったけれど、来て良かったです。

本來猶豫著該不該來，幸好還是來了。

3 博士を取って、学者になろうかなるまいか。

要不要拿博士、當學者呢？

4 日本の大学を卒業したら、大学院に行こうか行くまいか、迷うなあ。

從日本的大學畢業後，要不要唸研究所，好猶豫啊。

5 目覚ましがなるより早く目が覚めてしまった。起きようか、起きまいか。

比鬧鐘響鈴還早醒過來了，心想到底該起床呢？還是再躺一下呢？

grammar 012

〜かいがある、かいがあって

總算值得、有了代價、不枉…

類義表現
〜価値がある
有…價值

接続方法 ▶【體言の；動詞連體形；動詞過去式】＋かいがある／ない、かい（が）あって、かいもなく

1 表示辛苦做了某件事情而有了正面的回報，或是得到預期的結果。有「好不容易」的語感，如例（1）〜（3）。
2 用否定形時，表示努力了，但沒有得到預期的結果，如例（4）、（5）。

例1 いい場所が取れて、朝早く来たかいがあった。

能佔到好地點，一大早就過來總算值得。

一年一度的賞櫻，一定要起個大早來卡位啊！在櫻花樹下喝酒別有一番滋味呢！

「かいがある」有種皇天不負苦心人的感覺。

2 おいしいコロッケ食べられて、2時間待ったかいがあった。

能吃到好吃的可樂餅，等了兩個鐘頭總算值得。

3 一日も休まず勉強したかいがあって、志望の大学に合格できた。

不枉費我每天不間斷地讀書，總算考上了想唸的大學。

4 失恋した。もう、生きているかいがない。

我失戀了，再也沒有理由活下去了！

5 看病のかいもなく、娘は死んでしまった。

雖然盡心盡力看護女兒，她終究還是死了。

grammar 013

〜がい

有意義的…、值得的…、…有回報的

接續方法▶【動詞連用形】＋がい

表示做這一動作是值得、有意義的。也就是付出是有所回報，能得到期待的結果的意思。多接意志動詞。意志動詞跟「がい」在一起，就構成一個體言。後面常接「（の／が／も）ある」，表示做這動作，是值得、有意義的。

例1 やりがいがあると仕事が楽しく進む。

只要是值得去做的工作，做起來便會得心應手。

這次的簡報準備得好辛苦，但得到客戶跟老闆的讚賞，真的很有成就感。

「がい」前接意志動詞「やる」，表示「做」這一動作是有意義的。

---

2 この子は、教えれば教えるだけ伸びるので、教えがいがある。

這個小孩只要教他就會有顯著的進步，不枉費教導的苦心。

---

3 みんなおいしそうに食べてくれるから、作りがいがあります。

就因為大家總是吃得津津有味，才覺得辛苦烹調很值得。

---

4 簡単ではないが、それだけに挑戦しがいのある計画だ。

這計畫雖然不簡單，卻具有挑戰的價值。

---

5 この子は私の生きがいです。

這孩子是我存活的意義。

…一方だ　　　　　　　　　　／一直…；不斷地…

都市の環境は悪くなる一方だ。

都市的環境越來越差。

…うちに　　　　　　　　　　／趁…、在…之內…

赤ちゃんが寝ているうちに、洗濯しましょう。

趁嬰兒睡覺的時候洗衣服。

…おかげで、おかげだ　　　　／由於…的緣故

薬のおかげで、傷はすぐ治りました。

多虧藥效，傷口馬上好了。

…おそれがある　　　／有…危險、恐怕會…、搞不好會…

台風のため、午後から津波のおそれがあります。

因為颱風，下午恐怕會有海嘯。

…かけた、かけの、かける　　　／剛…、開始…

今ちょうどデータの処理をやりかけたところです。

現在正在處理資料。

…がちだ、がちの　　　／容易…、往往會…、比較多

おまえは、いつも病気がちだなあ。

你還真容易生病呀。

grammar 014

〜かぎり

盡…、竭盡…；以…為限、到…為止

類義表現

〜だけだ
只有…

接続方法▶【體言の；動詞辭書形】＋限り

1 表示可能性的極限 如例（1）〜（3）。而「見渡す限り」表示一望無際，可以看見的所有範圍，如例（3）。
2 慣用表現「〜の限りを尽くす」為「耗盡、費盡」等意，如例（4）。
3 表示時間或次數的限度，如例（5）。

例1 できる限りのことはした。あとは運を天にまかせるだけだ。

我們已經盡全力了。剩下的只能請老天保佑了。

為了新產品的行銷企劃我們團隊已經好幾天沒有闔眼了。

「限り」前接「できる」表示竭盡所有的力量，盡了能做到的極限了！接下來就只能聽天由命了！

2 命の限り、戦争の記憶を語り伝えていきたい。

只要還有一口氣在，我希望能把關於戰爭的記憶繼續傳承下去。

3 見渡す限り、青い海と空ばかりだ。

放眼望去，一片湛藍的海天連線。

4 ぜいたくの限りを尽くした王妃も、最期は哀れなものだった。

就連那位揮霍無度的王妃，到了臨死前也令人掬一把同情淚。

5 当店は今月限りで閉店します。

本店將於月底停止營業。

〜かぎり（は／では）

只要…；據…而言

類義表現
〜の範囲内で
在…範圍內

接續方法▶【體言の；動詞連體形】＋限り（は／では）

1 表示在前項的範圍內，後項便能成立，有肯定自信的語感，如例（1）、（2）。
2 憑自己的知識、經驗等有限範圍做出判斷，或提出看法，常接表示認知行為
如「知る（知道）、見る（看見）、聞く（聽說）」等動詞後面，如例（3）、（4）。
3 表示在前提下，說話人陳述決心或督促對方做某事，如例（5）。

例1 太陽が東から昇る限り、私は諦めません。

只要太陽依然從東邊升起，我就絕不放棄。

別小看我！我可是越挫越勇的！才不會因為這點小事就被打倒呢！

只要在前項的「太陽が東から昇る」這一條件下，保證會有「私は諦めません」的結果！

2 私がそばにいる限り、君は何も心配しなくていい。
只要有我陪在身旁，你什麼都不必擔心！

3 今回の調査の限りでは、景気はまだ回復しているとはいえない。
就今天的調查結果而言，還無法斷定景氣已經復甦。

4 私の知る限りでは、彼は信頼できる人間です。
就我所知，他是個值得信賴的人。

5 やると言った限りは、必ずやる。
既然說要做了，就言出必行。

～がたい

難以…、很難…、不能…

類義表現
～するのが難しい
很難…

接續方法▶【動詞連用形】＋がたい
表示做該動作難度非常高，幾乎是不可能，或者即使想這樣做也難以實現，一般多用在抽象的事物，為書面用語。

例1 彼女との思い出は忘れがたい。

很難忘記跟她在一起時的回憶。

跟她在一起的所有時光，無論是歡樂，還是爭執，都是那麼叫人難忘！

想要忘記的這一抽象動作很難，幾乎是不可能。

2 前回はいいできとは言いがたかったけれども、今回はよく書けているよ。

雖然上一次沒辦法說做得很棒，但這回寫得很好喔！

3 想像しがたくても、これは実際に起こったことだ。

儘管難以想像，這卻是真實發生的事件。

4 それがほんとの話だとは、信じがたいです。

實在很難相信那件事是真的。

5 あなたの考えは、理解しがたい。

你的想法很難懂。

～かとおもうと、かとおもったら

剛一…就…、剛…馬上就…

類義表現
～した後すぐに
剛…馬上就…

接續方法 【動詞過去式】＋かと思うと、かと思ったら

表示前後兩個對比的事情，在短時間內幾乎同時相繼發生，後面接的大多是說話人意外和驚訝的表達。

例1 泣いていたかと思うと突然笑い出して、変なやつだ。

還以為她正在哭，沒想到突然又笑了出來，真是個怪傢伙！

剛剛才在哭，這會兒又笑了。真搞不懂！

前後兩個對比事情，幾乎同時間發生。叫人感到驚訝！

2 帰ってきたかと思うと、トイレにかけ込んだ。
　才想說他剛回到家，就已經衝進廁所裡去了。

3 起きてきたかと思ったら、また寝てしまった。
　還以為他已經醒了，沒想到又睡著了。

4 空が暗くなったかと思ったら、大粒の雨が降ってきた。
　天空才剛暗下來，就下起了大雨。

5 花子は結婚したかと思うと、1週間で離婚した。
　才想說花子結婚了，沒想到一個星期就離婚了。

Practice・1

[第一回練習問題]

問題一	次の文の（　）に入る最も適当な言葉を1・2・3・4から選びなさい。

1 会社の経営は苦しい。給料値上げの要求は受け入れ（　）。

　　1．やすい　　2．ていい　　3．がたい　　4．くるしい

2 台所には作り（　）の料理がそのまま置いてあった。

　　1．かけ　　2．うち　　3．うえ　　4．こと

3 教師（　）、生徒を見捨てるわけにはいきません。

　　1．ですかぎり　　　　　　2．だったかぎり

　　3．であるかぎり　　　　　4．でないかぎり

4 ここ数日に、大規模な噴火が起こる（　）。

　　1．ことがある　　　　　　2．おそれがある

　　3．ほかならない　　　　　4．というものだ

5 彼女はきれい（　）頭がいい。

　　1．なうえに　　　　　　　2．なうちに

　　3．なところに　　　　　　4．なとおりに

6 遊んでいる（　）、外はすっかり暗くなってしまった。

　　1．ところに　　　　　　　2．うちに

　　3．場面に　　　　　　　　4．のに

7 景気は悪くなる（　）。

　　1．とたんだ　　　　　　　2．一方だ

　　3．ところだ　　　　　　　4．最中だ

8 その客は、店員にさんざん注文を言った（　　）、何も買わずに帰っていった。

1. ので　　2. あげく　　3. うえは　　4. おいては

9 暗く（　　）、帰りましょう。

1. なるうちに
2. ところに
3. ならないうちに
4. 最中に

10 息子は生まれたときから病気（　　）、とても心配です。

1. っぽくて
2. がちで
3. っけで
4. しかなくて

11 （　　）の治療をしましょう。

1. できたかぎり
2. できるかぎり
3. できぬかぎる
4. できないかぎり

12 先生の（　　）大学に合格することができました。

1. せいで　　2. もので　　3. おかげで　　4. ことで

13 われわれ若い議員で、党の組織を変えよう（　　）。

1. かな
2. うる
3. ではないか
4. かもしれない

14 1ヶ月で100万円儲かる？そんな都合のいい話は（　　）。

1. ありうる
2. ありえない
3. あるかもしれない
4. どころではない

15 手続きをした（　　）、会場にお入りください。
　1．のに　　2．末に　　　3．うちで　　4．上で

| 問題二 | 文を完成させなさい。 |

1　（　　　　　　　　　）上は（　　　　　　　　　）。

2　話し合っているうちに、（　　　　　　　　）。

3　（　　　　　　　　）かぎりは（　　　　　　　）。

4　（　　　　　　　　）は（　　　　　　　　）一方だ。

5　（　　　　　　　　）あげくに（　　　　　　　）。

6　彼は（　　　　　　　　）うえに（　　　　　　　）。

7　（　　　　　　　　）おそれがある。

8　（　　　　　　　　）ないかぎり（　　　　　　　）。

9　（　　　　　　　　）おかげで（　　　　　　　）。

10　（　　　　　　　　）かぎりの（　　　　　　　）。

~か~ないかのうちに

剛剛…就…、——（馬上）就…

類義表現
~すると、同時に
於是就…；同時地…

接續方法▶【動詞終止形】＋か＋【同一動詞未然形】＋ないかのうちに
表示前一個動作才剛開始，在似完非完之間，第二個動作緊接著又開始了。

例1 試合が開始するかしないかのうちに、1点取られてしまった。

比賽才剛開始，就被得了一分。

裁判才吹哨子，比賽才剛開始（前一個動作才開始）。

`01 00`

就被對方進了一球（在似完非完之間，第二個動作緊接著又開始了）。

2 酔っぱらって帰り、玄関に入るか入らないかのうちに寝てしまった。

喝得醉醺醺地回來，就在要進不進玄關的那一刻，就睡著了。

3 彼は、サッカー選手を引退するかしないかのうちに、タレントになった。

他才剛從足球職業選手引退，就當起藝人來了。

4 「火事だ！」と誰かが叫んだか叫ばないかのうちに、工場は爆発した。

就在隱隱約約聽到有人大喊一聲「失火啦！」的一剎那，工廠便爆炸了。

5 空がピカッと光ったか光らないかのうちに、大粒の雨が降ってきた。

就在天空似乎瞬間閃過一道電光的剎那，豆大的雨滴落了下來。

grammar 019 〜かねる

難以…、不能…、不便…

接続方法▶【動詞連用形】＋かねる

1 表示由於心理上的排斥感等主觀原因，或是道義上的責任等客觀原因，而難以做到某事，如例（1）～（4）。

2 「お待ちかね」為「待ちかねる」的衍生用法，表示久候多時，但請注意沒有「お待ちかねる」這種說法，如例（5）。

例1 その案には、賛成しかねます。

那個案子我無法贊成。

由於成立分店一案，就說話人個人主觀的經驗，感到地點上太過偏僻；就客觀資料分析上而言，時間點上過早。

所以無法贊成。

2 突然頼まれても、引き受けかねます。

這突如其來的請託，實在無法答應下來。

3 患者は、ひどい痛みに耐えかねたのか、うめき声を上げた。

病患雖然強忍了劇痛，卻發出了呻吟。

4 もたもたしていたら、見るに見かねて福田さんが親切に教えてくれた。

瞧我做得拖拖拉拉的，看不下去的福田小姐很親切地教了我該怎麼做。

5 じゃーん。お待ちかねのケーキですよ。

來囉！望眼欲穿的蛋糕終於來囉！

〜かねない

很可能…、也許會…、說不定將會…

類義表現
〜する可能性がある、
〜するかもしれない
有可能會…；說不定會…

接続方法▶【動詞連用形】＋かねない

「かねない」是接尾詞「かねる」的否定形。表示有這種可能性或危險性。有時用在主體道德意識薄弱，或自我克制能力差等原因，而有可能做出異於常人的某種事情，一般用在負面的評價。

例1 あいつなら、そんなでたらめも言いかねない。

那傢伙的話就很可能會信口胡說。

那個整天遊手好閒的傢伙（道德意識薄弱的人），也許會信口胡說那種話來。

說話人對某事物的負面評價。

2 こんな生活をしていると、体を壊しかねませんよ。

要是再繼續過這種生活，說不定會把身體弄壞的哦。

3 そんなむちゃな。命にかかわることにもなりかねないじゃないか。

哪有人這樣亂來的啊！說不定會沒命的耶！

4 勉強しないと、落第しかねないよ。

如果不用功，說不定會留級喔。

5 そういう発言は、誤解されかねませんよ。

那樣的言論恐怕會遭來誤會喔。

021
grammar

〜かのようだ

像…一樣的、似乎…

接續方法▶【用言終止形】＋かのようだ

1 由終助詞「か」後接「…のようだ」而成。將事物的狀態、性質、形狀及動作狀態，比喻成比較誇張的、具體的，或比較容易瞭解的其他事物，經常以「〜かのように＋動詞」的形式出現，如例（1）、（2）。

2 常用於文學性描寫，如例（3）、（4）。

3 後接體言時，用「〜かのような＋體言」，如例（5）。

例 1 母は、何も聞いていないかのように、「お帰り」と言った。

媽媽裝作什麼都沒聽說的樣子，只講了一句「回來了呀」。

我跟朋友在店裡商量要送什麼母親節禮物時，竟然被去買東西路過的媽媽聽到！這樣就沒有驚喜感了。

回到家發現，媽媽明明知道，卻體貼的裝作「何にも聞いていない＋かのように」（什麼都沒聽到的樣子）。

2 その会社は、輸入品を国産であるかのように見せかけて
売っていた。

那家公司把進口商品偽裝成國產品販售。

3 池には蓮の花が一面に咲いて、極楽浄土に来たかのようです。

池子裡開滿了蓮花，宛如來到了極樂淨土。

4 祖母の死に顔は安らかで、まるで生きているかのようだった。

祖母過世時的面容安詳，宛如還活著一樣。

5 もう 10 月なのに、夏に逆戻りしたかのような暑さだ。

都已經是十月了，簡直像夏天重新再來一次那樣酷熱。

~からこそ

正因為…、就是因為…

接續方法▶【體言だ；形容動詞だ；動詞・形容詞普通形】＋からこそ

1 表示說話者主觀地認為事物的原因出在何處，並強調該理由是唯一的、最正確的、除此之外沒有其他的了，如例（1）、（2）。

2 後面常和「のだ/んだ」合用，如例（3）～（5）。

例1 交通が不便だからこそ、豊かな自然が残っている。

正因為那裡交通不便，才能夠保留如此豐富的自然風光。

說話人認為是因為交通不便這個原因，「からこそ」就是強調這個原因。

在這裡，因為沒有人為破壞，才能保留最幽靜，生態最豐富的自然風光。

2 君にだからこそ、話すんです。

正因為是你，所以我才要說。

3 夫婦というのは、仲がいいからこそ、けんかもするものだ。

所謂的夫妻，就是因為感情好，才會吵架。

4 君がかわいいからこそ、いじめたくなるんだ。

正因為妳很可愛，才讓我不禁想欺負妳。

5 精一杯努力したからこそ、第一志望に合格できたのだ。

正因為盡全力用功，才能考上第一志願。

～からして

從…來看…

接續方法▶【體言】＋からして
表示判斷的依據。後面多是消極、不利的評價。

例1 あの態度からして、女房はもうその話を知っているようだな。

從那個態度來看，我老婆已經知道那件事了。

老婆怒氣沖沖的（判斷）。

看樣子老婆已經知道老公在外面幹的好事了（後面多是消極、不利的評價）喔！

2 あの人、目つきからして何だかおっかない。

那個人的眼神讓人覺得有點可怕。

3 確率からして、くじに当たるのは難しそうです。

從機率來看，要中彩券似乎是很難的。

4 私に言わせれば、関西と関東は別の国と言ってもいいくらいだ。言葉からして違う。

依我看來，關西和關東甚至可以說是兩個不同的國家，打從語言開始就完全不一樣了。

5 剛力勇？名前からして強そうだ。

剛力勇？這名字看起來好像很強壯喔。

~からすれば、からすると

從…來看、從…來說

類義表現
~から考えると
從…來看

接続方法▶【體言】＋からすれば、からすると

1 表示判斷的觀點，例如（1）～（3）。
2 表示判斷的根據，例如（4）、（5）。

例1 親からすれば、子どもはみんな宝です。

對父母而言，小孩個個都是寶。

> 對父母而言（判斷的依據）。

> 小孩都是寶貝。

---

2 このホテルは高いということだが、日本の感覚からすると安い。

這家旅館雖然昂貴，但以日本的物價來看，算是便宜的。

3 プロからすると、私たちの野球はとても下手に見えるでしょう。

從職業的角度來看，我們的棒球應該很差吧！

4 あの人の成績からすれば、合格は厳しいでしょう。

從他的成績來看，大概很難考上吧！

5 目撃者の証言からすると、犯人は左利きらしい。

根據目擊者的證詞，嫌犯似乎是個左撇子。

grammar 025 ～からといって

（不能）僅因…就…、即使…、也不能…；
說是（因為）…

接續方法▶【用言終止形】＋からといって

1 表示不能僅僅因為前面這一點理由，就做後面的動作，後面常接否定的說法，如例（1）～（3）。

2 口語中常用「～からって」，如例（4）。

3 表示引用別人陳述的理由，如例（5）。

例1 読書が好きだからといって、一日中読んでいたら体に悪いよ。

即使愛看書，但整天抱著書看對身體也不好呀！

不能僅僅因為喜歡看書，就整天看書。

這樣對身體不好喔！
（後面接否定的說法）。

---

2 勉強ができるからといって偉いわけではありません。
即使會讀書，不代表就很了不起。

3 負けたからといって、いつまでもくよくよしてはいけない。
就算是吃了敗仗，也不能總是一直垂頭喪氣的。

4 誰も見ていないからって、勝手に持ってっちゃだめだよ。
就算沒有人看見，也不可以擅自帶走喔。

5 頭が痛いからといって、夫は先に寝た。
丈夫說他頭痛，先睡了。

~からみると、からみれば、からみて（も）

従…來看、従…來說；根據…來看…的話

接続方法 ▶【體言】＋から見ると、から見れば、から見て（も）

1 表示判斷的角度，也就是「從某一立場來判斷的話」之意，如例（1）、（2）。

2 表示判斷的依據，如例（3）～（5）。

例1 子どもたちから見れば、お父さんは神様みたいなものよ。

在孩子們的眼中，爸爸就像是天上的神明。

爸爸像天一樣大，保護我們，教育我們。

用「から見れば」表示從孩子們的角度來判斷，爸爸如同神一樣的偉大。

2 日本人から見ると変な習慣でも、不合理だとは限らない。

從日本人來看覺得奇怪的習俗，也未必表示它就是不合常理的。

3 遺体の状況から見て、眠っているところを刺されたようだ。

從遺體的情況判斷，應該是在睡著的時候遭到刺殺的。

4 道の混み具合から見て、タクシーよりも地下鉄で行った方が早いだろう。

從交通壅塞的狀況來看，與其搭計程車，還是搭地鐵比較快吧。

5 雲の様子から見ると、もうじき雨が降りそうです。

從雲的形狀看起來，好像快要下雨了。

…から…にかけて /從…到…

この辺りからあの辺りにかけて、畑が多いです。

這頭到那頭，有很多田地。

…からいうと、からいえば、からいって /從…來說、從…來看、就…而言

専門家の立場からいうと、この家の構造はよくない。

從專家的角度來看，這個房子的結構不好。

…からには、からは /既然…、既然…、就…

教師になったからには、生徒一人一人をしっかり育てたい。

既然當了老師，當然就想要把學生一個個確實教好。

…かわりに /雖然…但是…

正月は海外旅行に行くかわりに、近くの温泉に行った。

過年不去國外旅行，改到附近洗溫泉。

…ぎみ /有點…、稍微…、…趨勢

ちょっと風邪ぎみで、熱が出る。

有點感冒，發了燒。

…きる、きれる、きれない /充分、完全、到極限

何時の間にか、お金を使いきってしまった。

不知不覺，錢就花光了。

…くせに /雖然…、可是…、…、卻…

芸術もわからないくせに、偉そうなことを言うな。

明明不懂藝術，別在那裡說得像真的一樣。

…くらい、ぐらいだ /幾乎…、簡直…、甚至…

田中さんは美人になって、本当にびっくりするくらいでした。

田中小姐變得那麼漂亮，簡直叫人大吃一驚。

027 ～きり～ない

…之後，再也沒有…、…之後就…

類義表現

～したのが最後
（で、その後～ない）
…之後（那之後就沒有…）

接続方法 **【動詞過去式】＋きり～ない**

後面接否定的形式，表示前項的動作完成之後，應該進展的事，就
再也沒有下文了。

例1 彼女とは一度会ったきり、その後会ってない。

跟她見過一次面以後，就再也沒碰過面了。

想到去年夏天在沙灘上
遇到的那女孩，感覺明
明很不錯的。

但就那麼一次，之後再也
沒有跟我聯絡了！「きり」
前面用過去式。

2 彼は金を借りたきり、返してくれない。

他錢借了後，就沒還過。

3 子供が遊びに行ったきり、暗くなっても帰って来ない。

孩子出去玩了之後，直到天都黑了都還沒有回家。

4 今朝コーヒーを飲んだきりで、その後何も食べていない。

今天早上，只喝了咖啡，什麼都沒吃。

5 この辺りでは雪は珍しく、11年前に少し降ったきりだ
（≒降ったきり、その後降っていない）。

這附近很少下雪，只曾經在十一年前下過一點小雪而已。

～くせして

只不過是…、明明只是…、卻…

類義表現
くせに
明明…却…

接續方法▶【體言の；形容動詞詞幹な；動詞・形容詞普通形】＋くせして
表示後項出現了從前項無法預測到的結果，或是不與前項身分相符的事態。帶有輕蔑、嘲諷的語氣。

例1 ブスで頭も悪いくせして、かっこうよくて金持ちの男と付き合いたがっている。

明明又醜又笨，卻想和帥氣多金的男人交往。

妄想也該有個限度，她又笨又不漂亮，還想要一個有錢的帥哥當男朋友？

嘲諷別人自不量力的時候可以用「くせして」。

2 まだ子どものくせして、生意気なことを言うな。
只不過還是個孩子，少說些狂妄的話。

3 橋本さん、下手なくせして、私より高いバイオリン使ってる。
橋本小姐的琴藝那麼差，卻用比我還貴的小提琴。

4 いつも人に金を借りているくせして、あんな高級車に乗るなんて。
明明就老是在跟別人借錢，卻能搭那種高級轎車。

5 自分ではできないくせして、文句言うんじゃない。
你自己根本辦不到，還好意思發牢騷！

～げ

…的感覺、好像…的樣子

接續方法▶【體言；形容詞‧形容動詞詞幹；動詞連用形】＋げ

表示帶有某種樣子、傾向、心情及感覺。書寫語氣息較濃。但要注意「かわいげ」（討人喜愛）與「かわいそう」（令人憐憫的）兩者意思完全不同。

例1 かわいげのない女は嫌いだ。

我討厭不可愛的女人。

> 用「げ」表示帶有一種樣子。

> 孤僻，不修邊幅，總之樣子就是不可愛！

2 弟は、「この小説、半分くらい読んだところで犯人分かった」と不満げに言った。

弟弟大表不滿地說：「這本小說差不多看到中間，就知道凶手是誰了！」

3 老人は寂しげに笑った。

老人寂寞地笑著。

4 「結婚しよう」と言うと、彼女はうれしげに「うん」とうなずいた。

對女友說「我們結婚吧」，她開心地「嗯」了一聲，點頭答應了。

5 伊藤くんが、自信ありげな表情で手を上げました。

伊藤露出自信滿滿的神情，舉起了手。

Practice・2

[第二回練習問題]

問題一 次の文の（　）に入る最も適当な言葉を1・2・3・4から選びなさい。

1 あの方がA国の王様？やはり雰囲気（　　）違うわね。
 1. よって　　2. からして　　3. ところで　　4. とおりに

2 この町は買い物が不便な（　　）、人々はみな親切です。
 1. とおりに　　2. しだいに　　3. むきに　　4. かわりに

3 彼の態度（　　）、全然、皆に協力する気持ちはないらしい。
 1. にしたら　　2. からみると　　3. というより　　4. において

4 日本は12月（　　）2月（　　）とても寒くなります。
 1. から、へ　　　　　　　　2. と、まで
 3. や、や　　　　　　　　　4. から、にかけて

5 中国で料理の修業をするって？彼なら本当に実行（　　）ね。
 1. しかねる　　　　　　　　2. しだいに
 3. しかねない　　　　　　　4. できません

6 ベルが鳴るか（　　）、子供は玄関にとんで行った。
 1. 鳴るかのところに　　　　2. 鳴らないかの上に
 3. 鳴るかのまでに　　　　　4. 鳴らないかのうちに

7 申し訳ありませんが、その取引の話はお受けいたし（　　）。
 1. かねます　　　　　　　　2. かねません
 3. できます　　　　　　　　4. できません

8 疲れた（　　　）、途中で止めてはいけません。

1. からといって　　　　　　　2. からみると

3. として　　　　　　　　　　4. において

9 彼の実力（　　　）このテストは簡単すぎるだろう。

1. からには　　　　　　　　　2. であるから

3. からすると　　　　　　　　4. かかわらず

問題二	文を完成させなさい。

1　（　　　　　　　　　　）かねない。

2　（　　　　　）か（　　　　　　　　）かのうちに（　　　　　　）。

3　（　　　　　　　　　　）気味です。

4　（　　　　　　　　　　）くせに（　　　　　　　　）。

5　（　　　　　　　　　　）からといって（　　　　　　　）。

6　（　　　　　　　　　　）かねる。

7　（　　　　　　　　　　）からいうと（　　　　　　　）。

8　（　　　　　　　　　　）からすれば（　　　　　　　）。

9　（　　　　　　　　　　）きった。

10　（　　　　　　　　　　）のかわりに（　　　　　　　）。

11　（　　　　　　　　　　）からこそ（　　　　　　）。

030

～ことから

…是由於…；從…來看、因為…

類義表現

～ことが原因で
…是由於…

接續方法 ▶【用言連體形】＋ことから

1 用於說明命名的由來，如例（1）、（2）。

2 表示後項事件因前項而起，如例（3）。

3 根據前項的情況，來判斷出後面的結果或結論，也可表示因果關係，如例（4）、（5）。

例1 日本は、東の端に位置することから「日の本」という名前が付きました。

日本是由於位於東邊，所以才將國號命名為「日之本」（譯注：意指太陽出來的地方。）

為什麼日本叫日本呢？原來因為是位處東邊的太陽之國，所以才有這個國名啊！

「ことから」前面接名的由來，來表示日本國名的來歷喔！

---

2 きのこは、木に生えることから「木の子」とよばれるようになった。

菇類因為長在木頭上，所以在日文裡被稱做「木之子」。

3 つまらないことから大げんかになってしまいました。

從雞毛蒜皮小事演變成了一場大爭吵。

4 顔がそっくりなことから、双子だと分かった。

因為長得很像，所以知道是雙胞胎。

5 電車が通ったことから、不動産の値段が上がった。

自從電車通車了以後，房地產的價格就上漲了。

～ことだから

因為是…，所以…

類義表現
～ことから、～だから、たぶん
因為…，因為是…，大概…

接続方法 ▶【體言の；用言連體形】＋ことだから

1 表示自己判斷的依據。主要接表示人物的詞後面，前項是根據說話雙方都熟知的人物的性格、行為習慣等，做出後項相應的判斷，如例（1）～（3）。

2 表示理由，由於前項狀況、事態，後項也做與其對應的行為，如例（4）、（5）。

例1 主人のことだから、また釣りに行っているのだと思います。

我想我老公一定又去釣魚了吧！

> 平常一到假期，老公習慣到河邊釣魚，今天是假日，所以他一定是釣魚去了。

> 「ことだから」前接雙方都熟知的人物。

---

2 責任感の強い彼のことだから、役目をしっかり果たすだろう。

因為是責任感強的他，所以一定能完成使命吧！

3 あなたのことだから、きっと夢を実現させるでしょう。

因為是你，所以一定可以讓夢想實現吧！

4 戦争中のことだから、何が起こるか分からない。

畢竟當時正值戰亂，發生什麼樣的情況都是有可能的。

5 今年はうちの商品ずいぶん売れたことだから、きっとボーナスもたくさん出るだろう。

今年我們公司的產品賣了不少，想必會發很多獎金吧。

～ことに（は）

令人感到…的是…

接續方法▶【用言連體形】＋ことに（は）

接在表示感情的形容詞或動詞後面，表示說話人在敘述某事之前的心情。書面語的色彩濃厚。

例1 うれしいことに、仕事はどんどん進みました。

高興的是，工作進行得很順利。

是什麼事讓人如此高興呢？

這個月業績又是第一，所有的工作進度跟結果都在掌握中。「ことに」前接說話人在敘述某事之前的心情。

2 お恥ずかしいことに、妻とけんかして、もう三日も口をきいていないんです。

說來其實是家醜……我和妻子吵架，已經整整三天沒講過話了。

3 残念なことに、この区域では携帯電話が使えない。

可惜的是，這個區域不能使用手機。

4 驚いたことに、町はたいへん発展していました。

令人驚訝的是，城鎮蓬勃地發展了起來。

5 あきれたことには、中学レベルの数学を教えている大学もあるそうだ。

令人震撼的是，聽說甚至有大學教的數學是中學程度。

～こと（も）なく

不…、不…（就）…、不…地…

接續方法【動詞連體形】＋こと（も）なく
表示從來沒有發生過某事。書面語感強烈。

例1 立ち止まることなく、未来に向かって歩いていこう。

不要停下腳步，朝向未來邁進吧！

時間寶貴，不要虛度光陰，往前走吧！

「ことなく」前接從來沒有發生過的事情，就是「停下腳步」。

2 この工場は、24 時間休むことなく製品を供給できます。

這個工廠，可以二十四小時無休地提供產品。

3 あなたなら、誰にも頼ることなく仕事をやっていけるでしょう。

如果是你的話，工作可以不依賴任何人吧！

4 ゴッホは、売れなくてもあきらめることなく絵を描き続けた。

梵谷即使作品賣不掉，依舊毫不洩氣地持續作畫。

5 旅行は、雨が降ったり体調を崩したりすることもなく、順調でした。

這趟旅行既沒遇到下雨，身體也沒有出狀況，一切順利。

～ざるをえない

不得不…、只好…、被迫…

類義表現
～しなければならない
不得不…

接続方法▶【動詞未然形】＋ざるを得ない

1 「ざる」是「ず」的連體形。「得ない」是「得る」的否定形。表示除此之外，沒有其他的選擇。有時也表示迫於某壓力或情況，而違背良心地做某事，如例（1）～（3）。

2 表示自然而然產生後項的心情或狀態，如例（4）。

3 前接サ行變格動詞要用「～せざるを得ない」，如例（5）（但也有例外，譬如前接「愛する」，要用「愛さざるを得ない」）。

例1 上司の命令だから、やらざるを得ない。

既然是上司的命令，也就不得不遵從了。

沒辦法，那是上司的命令，只好做了。

常用在迫於某種壓力，而違背良心做某事。

---

2 不景気でリストラを実施せざるを得ない。

由於不景氣，公司不得不裁員。

3 みんなで決めたルールだから、守らざるを得ない。

既然是大家共同決定的規則，就非遵守不可。

4 これだけ説明されたら、信じざるを得ない。

都解釋這麼多了，叫人不信也不行了。

5 香川雅人と上戸はるかが主役となれば、これは期待せざるを得ませんね。

既然是由香川雅人和上戶遙擔綱主演，這部戲必定精采可期！

～しだい

要看…如何；馬上…、一…立即、…後立即…

類義表現
～するとすぐ
一…立即

接続方法 ▶【動詞連用形】＋次第
表示某動作剛一做完，就立即採取下一步的行動，或前項必須先完成，後項才能夠成立。

例1 バリ島に着き次第、電話します。

一到巴里島，馬上打電話給你。

> 一到巴里島這個動作剛一做完。句型「しだい」前面接先做的動作。

> 馬上進行「電話をします」(打電話)這個動作。

---

2 (上司に向かって) 先方から電話が来次第、ご報告いたします。

(對主管說) 等對方來電聯繫了，會立刻向您報告。

3 全員が集まり次第、会議を始めます。

等全體人員到齊之後，才開始舉行會議。

4 雨が止み次第、出発しましょう。

雨一停就馬上出發吧！

5 詳しいことは、決まり次第ご連絡します。

詳細內容等決定以後再與您聯繫。

～しだいだ、しだいで（は）

全憑…、要看…而定、決定於…

類義表現
～によって決まる、
～で左右される
決定於…

接続方法▶【體言】＋次第だ、次第で（は）

1 表示行為動作要實現，全憑「次第だ」前面的體言的情況而定，如例（1）～（4）。
2「地獄の沙汰も金次第」（有錢能使鬼推磨）為相關諺語，如例（5）。

例1 一流(いちりゅう)の音楽家(おんがくか)になれるかどうかは、才能(さいのう)次第(しだい)だ。

能否成為頂尖的音樂家，端看才華如何。

要實現成為一流音樂家這個動作。

就全憑「しだいだ」，前面的體言的情況而定，也就是「才能」了。

2 合(あ)わせる小物(こもの)次第(しだい)でオフィスにもデートにも着回(きまわ)せる便利(べんり)な１着(ちゃく)です。

依照搭襯不同的配飾，這件衣服可以穿去上班，也可以穿去約會，相當實穿。

3 今度(こんど)の休(やす)みに温泉(おんせん)に行(い)けるかどうかは、お父(とう)さんの気分(きぶん)次第(しだい)だ。

這次假期是否要去溫泉旅遊，一切都看爸爸的心情。

4 気温(きおん)次第(しだい)で、作物(さくもつ)の生長(せいちょう)は全然違(ぜんぜんちが)う。

在不同的氣溫環境下，作物生長情況完全不同。

5 「犯人(はんにん)が保釈(ほしゃく)されたんだって？」『地獄(じごく)の沙汰(さた)も金次第(かねしだい)』ってことだよ。」

「什麼？凶手交保了？」「這就是所謂的『有錢能使鬼推磨』啊！」

grammar 037

～しだいです

由於…、才…、所以…

類義表現
～ということだ
由於…

接続方法▶【動詞普通形】＋次第です
解釋事情之所以會演變成如此的原由。是書面用語，語氣生硬。

例1 そういうわけで、今の仕事に就いた次第です。

因為有這樣的原因，才從事現在的工作。

年輕時因為一位廚師的菜讓我浪子回頭，所以我才想當個廚師，用料理療癒大家的身心。

事情就是如此這般…「次第です」用來解釋緣由。

2 取り急ぎ御礼申し上げたく、メール差し上げた次第です。

由於急著想向您道謝，所以寄電子郵件給您。

3 このたび、この地区の担当になりましたので、ご挨拶に伺った次第です。

我是剛剛接任本地區的負責人，特此前來拜會。

4 100万円ほど貸していただきたく、お願いする次第です。

想向您借一百萬日圓左右，拜託您了。

5 自分のほしい商品がなかったので、それなら自分で作ろうと思った次第です。

因為找不到自己想要的商品，心想既然如此，不如自己來做。

grammar 038

～じょう（は／では／の／も）

從…來看、出於…、鑑於…上

類義表現
～の方面では
從…來看

接續方法▶【體言】＋上（は／では／の／も）

表示就此觀點而言。

例1 経験上、練習を三日休むと体がついていかなくなる。

根據經驗，只要三天不練習，身體就會跟不上。

從「上」前面接的「經驗」這一觀點來看。

運動選手只要三天不練習，體能就會大受影響了。

---

2 その話は、ネット上では随分前から騒がれていた。

那件事，在網路上從很早以前就鬧得沸沸揚揚了。

3 予算の都合上、そこは我慢しよう。

依照預算額度，那部分只好勉強湊合了。

4 たばこは、健康上の害が大きいです。

香菸對健康會造成很大的傷害。

5 記録上は病死だが、殺されたのではという噂がささやかれている。

文件上寫的是因病而亡，但人們私下傳言或許是被殺死的。

grammar 039

～すえ（に／の）

經過…最後、結果…、結局最後…

接續方法▶【體言の】＋末（に／の）；【動詞過去式】＋末（に／の）

1 表示「經過一段時間，最後…」之意，是動作、行為等的結果，意味著「某一期間的結束」，為書面語，如例（1）～（4）。

2 後接體言時，用「～末の＋體言」，例如（5）。

例1 **工事は、長期間の作業の末、完了しました。**

經過了長時間的作業，這項工程終於完工了。

花了好長一段時間，終於完工啦！

「の末」（經過…最後）表示動作的結果。也就是經過了「長時間の作業」（長時間的作業），最後「完了しました」（完成了），含有經過某一階段，最後結束了之意。

---

2 **来月の末にお店を開けるように、着々と準備を進めている。**

為了趕及下個月底開店，目前正在積極籌備當中。

3 **悩んだ末に、会社を辞めることにした。**

煩惱了好久，到最後決定辭去工作了。

4 **別れる別れないと大騒ぎをした末、結局彼らは仲良くやっている。**

一下要分手，一下不分手的鬧了老半天，結果他們又和好如初了。

5 **長年の努力の末の成功ですから、本当にうれしいです。**

畢竟是在多年的努力下才成功的，真的很開心。

~ずにはいられない

不得不…、不由得…、禁不住…

接続方法▶【動詞未然形】＋ずにはいられない

1 表示自己的意志無法克制，情不自禁地做某事，為書面用語，如例（1）。
2 用於反詰語氣（以問句形式表示肯定或否定），不能插入「は」，如例（2）。
3 表示動作行為者無法控制所呈現自然產生的情感或反應等，如例（3）～（5）。

例1 すばらしい風景を見ると、写真を撮らずにはいられません。

一看到美麗的風景，就禁不住想拍照。

看到京都的清水寺，真的美得讓人情不自禁地想拍下紀念。

「ずにはいられな」前面接情不自禁，自然而然的那個動作。

---

2 いつまで経っても景気が回復しない。政府は何をやってるんだ。これが怒らずにいられるか。

已經過了那麼久景氣還沒復甦，政府到底在幹什麼啊！這讓人怎不生氣呢！

3 この漫画は、読むと笑わずにはいられない。

這部漫畫任誰看了都會大笑。

4 君のその輝く瞳を見ると、愛さずにはいられないんだ。

看到妳那雙閃亮的眼眸，教人怎能不愛呢？

5 あまりにも無残な姿に、目をそむけずにはいられなかった。

那慘絕人寰的狀態，實在讓人目不忍視。

041

〜そうにない、そうもない

不可能…、根本不會…

接續方法▶【動詞連用形；動詞可能形詞幹】＋そうにない、そうもない

表示說話者判斷某件事情發生的機率很低，或是沒有發生的跡象。

例1 明日はいよいよ出発だ。今夜はドキドキして眠れそうにない。

明天終於要出發了。今晚興奮到睡不著。

明天我要去美國玩一個禮拜，開心到根本睡不著啦！！！

「沒有…的跡象」就用「そうにない」來表達！

2 昨日からずっと雨が降っているが、まだやみそうにない。

從昨天開始就一直在下雨，這雨看來還不會停。

3 こんなに難しい仕事は、私にはできそうもありません。

這麼困難的工作，我根本就辦不到。

4 あんなにすてきな人に、「好きです」なんて言えそうにないわ。

我是不可能對那麼出色的人說「我喜歡你」的。

5 まだこんなに仕事が残っている。今夜は帰れそうもない。

工作還剩下那麼多，看來今天晚上沒辦法回家了。

N3 文法「溫」一下！

★ 精選 N2 考題中，常考的 N3 文法，復習一下吧！

…こそ	/正（因為）…才

こちらこそよろしくお願いします。

彼此彼此，請多多關照。

…ことになっている、こととなっている	/按規定…、預定…、將…

夏休みのあいだ、家事は子供たちがすることになっている。

暑假期間，説好家事是小孩們要做的。

…ことはない	/不要…、用不著…

部長の評価なんて、気にすることはありません。

用不著去在意部長的評價。

…際、際は、際に	/時候、在…時、當…之際

仕事の際には、コミュニケーションを大切にしよう。

在工作時，要著重視溝通。

…最中に、最中だ	/正在…

例の件について、今検討している最中だ。

那個案子，現在正在檢討中。

さえ…ば、さえ…たら	/只要…（就）…

手続きさえすれば、誰でも入学できます。

只要辦手續，任何人都能入學。

…しかない /只能…、只好…、只有…

病気になったので、しばらく休業するしかない。

因為生病，只好暫時歇業了。

…せいか /可能是（因為）…、或許是（由於）…的緣故吧

年のせいか、からだの調子が悪い。

也許是年紀大了，身體的情況不太好。

たとえ…ても /即使…也…、無論…也…

たとえ明日雨が降っても、試合は行なわれます。

明天即使下雨，比賽還是照常舉行。

…たところ /…結果（或是不翻譯）

事件に関する記事を載せたところ、たいへんな反響がありました。

去刊登事件相關的報導，結果得到熱烈的回響。

…たとたん、たとたんに /剛…就…、剛一…、立刻…、剎那

二人は、出会ったとたんに恋に落ちた。

兩人一見鍾情。

…たび、たびに /每次…、每當…就…、每逢…就…

あいつは、会うたびに皮肉を言う。

每次跟那傢伙碰面，他就冷嘲熱諷的。

…だらけ　　　　　　　　　　／全是…、滿是…、到處是…

子どもは泥だらけまで遊んでいた。

孩子們玩到全身都是泥巴。

…ついでに　　　　　　　　　　／順便…、順手…、就便…

知人を訪ねて京都に行ったついでに、観光をしました。

到京都拜訪朋友，順便觀光了一下。

…っけ　　　　　　　　　　　　／是不是…來著、是不是…呢

ところで、あなたは誰だっけ。

話說回來，請問您是哪位來著？

…っぽい　　　　　　　　　　　／看起來好像…、感覺像…

君は、浴衣を着ていると女っぽいね。

你一穿上浴衣，就很有女人味唷！

…て以来　　　　　　　　　　　／自從…以來，就一直…、…之後

手術をして以来、ずっと調子がいい。

手術完後，身體狀況一直很好。

…てからでないと、てからでなければ　／不…就不能…、不等…之後，不能…

準備体操をしてからでないと、プールには入れません。

不先做暖身運動，就不能進游泳池。

…て（で）たまらない　　　　　／非常…、…得受不了、…得不行、十分…

勉強が辛くてたまらない。

書唸得痛苦不堪。

Practice・3

[第三回練習問題]

問題一　次の文の（　　）に入る最も適当な言葉を1・2・3・4から
選びなさい。

1 成功するか失敗するか、すべては君のやる気（　　）だ。
1. しだい　　2. とおり　　3. こと　　4. よう

2 この施設は会員しか利用できない（　　）。
1. ことだ　　　　　　　　2. ものだ
3. ことになっている　　　4. ものになっている

3 この地域はなんと住みやすい（　　）。
1. ものだ　　2. ことだ　　3. ことか　　4. もの

4 これ（　　）私が長い間探し続けていたものです。
1. こそ　　2. だけ　　3. さえ　　4. もの

5 部長がいない（　　）話は進められません。
1. ものの　　2. ことで　　3. ことには　　4. としても

6 面接の（　　）には、言葉遣いに気をつけなさい。
1. 際　　2. うち　　3. 場面　　4. ついで

7 本人（　　）勝てるとは思わなかったのに、勝てたなんて
まさに奇蹟だ。
1. こそ　　2. だけ　　3. さえ　　4. もの

8 I can't help falling love with you. は「（　　）いられない」という意味です。

1. 愛しては　2. 愛さずには　3. 愛されては　4. 愛しすぎては

9 休みの日だったのに熱が出た（　　）どこにも行けなかった。

1. もので　2. せいで　　3. ところで　4. とおりで

10 運のいい（　　）、あんなひどい事故でもけがひとつしなかったらしい。

1. にしたら　2. からみると　3. というより　4. ことに

11 他の人はともかく、山田部長（　　）賛成してくだされば、大丈夫です。

1. まで　　2. もの　　　3. さえ　　　4. しか

12 会議の結論が（　　）、すぐ社長に報告してください。

1. 出まで　2. 出もの　3. 出次第　4. 出こと

13 財政立て直しのためには、まず無駄な予算を減らす（　　）。

1. ことはありません　　　2. しかありません
3. にちがいありません　　4. わけがない

14 彼は休む（　　）走り続けた。

1. きって　2. ことなく　3. までに　4. つつ

15 あの二人は、同じ職場でアルバイトしていた（　　）、交際が始まった。

1. ことから　2. からして　3. ものから　4. せいで

16 会議 ( )、家から電話がかかってきた。
　1．ところに　2．のうちに　　3．のに　　　4．の最中に

| 問題二 | 文を完成させなさい。 |

1 （　　　　　　　　　）ことか。

2 （　　　　　　　　　）さえ（　　　　　　　　　　）。

3 （　　　　　　　　　）せいで（　　　　　　　　）。

4 （　　　　　　　　　）最中に、（　　　　　　　　）。

5 （　　　　　　　　　）こそ（　　　　　　　　）。

6 （　　　　　　　　　）のことだから（　　　　　　　　）。

7 （　　　　　　　　　）ざるをえない。

8 彼は（　　　　　　　　）ことなく（　　　　　　　　）。

9 （　　　　　　　　　）次第、（　　　　　　　　）。

10 （　　　　　　　　　）ことになっている。

042 ～だけあって

不愧是…；也難怪…

類義表現
～にふさわしく
合適地…

接續方法▶【體言；用言連體形】＋だけあって

表示名實相符，後項結果跟自己所期待或預料的一樣，一般用在積極讚美的時候。副助詞「だけ」在這裡表示與之名實相符。

例1 この辺は、商業地域だけあって、とてもにぎやかだ。

這附近不愧是商業區，相當熱鬧。

哇！車水馬龍、熙來人往的紐約第五大道，不愧是商業區，真是熱鬧！

「だけあって」前面接跟後面說的名實相符的內容。

2 さすが作家だけあって、文章がうまい。

不愧是作家，文章寫得真精采！

3 高いだけあって、食品添加物や防腐剤は一切含まれていません。

到底是價格高昂，裡面完全不含任何食品添加物或防腐劑。

4 国際交流が盛んなだけあって、この大学には外国人が多い。

由於國際交流頻繁，因此這所大學裡有許多外國人。

5 プロを目指しているだけあって、歌がうまい。

不愧是立志成為專業歌手的人，歌唱得真好！

043
〜だけでなく
不只是…也…、不光是…也…

接続方法▶【體言；用言連體形】＋だけでなく
表示前項和後項兩者皆是，或是兩者都要。

例1 あの番組はゲストだけでなく、司会者も大物です。

那個節目不只是來賓，連主持人都是大牌人物。

哇…來賓都是當紅歌手、人氣演員或名模，主持人也是名氣響叮噹！這陣容也太豪華了吧？

順帶一提「だけでなく」的口語說法是「だけじゃなくて」。

2 責任は幹部だけでなく、従業員にもある。
責任不只在幹部身上，也在一般員工身上。

3 頭がいいだけでなく、スポーツも得意だ。
不但頭腦聰明，也擅長運動。

4 僕はピーナッツが嫌いなだけでなく、食べると赤いブツブツが出るんです。
我不但討厭花生，而且只要吃了就會冒出紅疹子。

5 夫は、殴るだけでなくお金も全部使ってしまうんです。
我先生不但會打我，還把生活費都花光了。

～だけに

到底是…、正因為…，所以更加…、由於…，所以特別…

類義表現
～だから
由於…

接續方法 ▶【體言；用言連體形】＋だけに

表示原因。表示正因為前項，理所當然地才有比一般程度更深的後項的狀況。

例1 役者としての経験が長いだけに、演技がとてもうまい。

正因為有長期的演員經驗，所以演技真棒！

> 到底是演藝圈的老經驗，演技當然好得沒話說！

> 「だけに」前接原因，後項是理所當然導致的狀況。

2 有名な大学だけに、入るのは難しい。

正因為是著名的大學，所以特別難進。

3 大スターだけに、舞台に出てきただけで何だか空気が変わる。

不愧是大明星，一出現在舞台上，全場的氣氛就倏然一變。

4 彼は政治家としては優秀なだけに、今回の汚職は大変残念です。

正因為他是一名優秀的政治家，所以這次的貪污事件更加令人遺憾。

5 小さいころからやっているだけに、ピアノが上手だ。

由於從小就練鋼琴，所以彈得很好。

grammar 045 〜だけある、だけのことはある

到底沒白白…、值得…、不愧是…、也難怪…

類義表現
〜ということに
ふさわしい
不愧是…

接續方法【體言；用言連體形】＋だけある、だけのことある

1 表示與其做的努力、所處的地位、所經歷的事情等名實相符，對其後項的結果、能力等給予高度的讚美，如例（1）～（4）。

2 可用於對事物的負面評價，表示理解前項事態，如例（5）。

例1 あの子は、習字を習っているだけのことはあって、字がうまい。

那孩子到底沒白白學書法，字真漂亮。

小時候就熱衷於書法，而且很有天分。也因此書法寫得漂亮！

「だけのことはあって」前接做的努力、所處的地位及所經歷的事情等。

2 簡単な曲だけど、私が弾くのと全然違う。プロだけのことはある。

雖然是簡單的曲子 但是由我彈起來卻完全不同一回事。專家果然不同凡響！

3 よく飽きないね。好きなだけのことはある。

你怎麼都不會膩啊？那真是你打從心底喜歡的事。

4 頭がいいしやる気もある。社長が娘の婿にと考えるだけある。

不但聰明而且幹勁十足，不愧是總經理心目中的女婿人選。

5 5回洗濯しただけで穴が開くなんて、安かっただけあるよ。

只不過洗了五次就破洞了，果然是便宜貨！

～だけましだ

幸好、還好、好在…

類義表現
この程度でよかった
幸好只到此為止

接続方法▶【形容動詞詞幹な；動詞・形容詞普通形】＋だけましだ

表示情況雖然不是很理想，或是遇上了不好的事情，但也沒有差到什麼地步，或是有「不幸中的大幸」。有安慰人的感覺。

例1 たとえ第三志望でも、君は行く大学があるだけましだよ。僕は全部落ちちゃったよ。

就算是第三志願，你有大學能唸已經很幸運了。我全部落榜了呢。

唉，有總比沒有好！真羨慕你，哪像我要當「浪人」（重考生）重考了～

要安慰人事情沒有那麼糟的話就用「だけましだ」。

2 この店は、おいしいというほどではないけれど、安いだけましだ。

這家店雖然稱不上好吃，但還算便宜。

3 津波に家を流されたけれど、家族みんな無事なだけましだった。

雖然房子被海嘯捲走了，但還好全家人都平安無事。

4 今年入社した福山さんは、仕事は遅いけれど、素直なだけましだ。

今年剛進公司的福山先生雖然工作效率不高，不過為人還算忠厚。

5 咳と鼻水がひどいけど、熱がないだけましだ。

雖然咳嗽和流鼻水的情形很嚴重，但還好沒有發燒。

grammar 047

〜たところが

可是…、然而…

接續方法▶【動詞過去式】＋たところが
這是一種接續的用法。表示因某種目的作了某一動作，但結果與期待相反之意。後項經常是出乎意料之外的客觀事實。

例1 彼のために言ったところが、かえって恨まれてしまった。

為了他好才這麼說的，誰知卻被他記恨。

> 「たところが」前接為了對方好而規勸對方「彼のために言った」這一動作。

> 後接，結果卻與期待相反的「恨まれてしまった」(被記恨)。

---

2 適当な店に入ったところが、びっくりするほどおいしかった。

隨便找一家店進去吃，沒想到居然出奇好吃。

3 涼しいと思って行ったところが、毎日 30 度以上だった。

原本以為那地方天氣涼爽，去那裡居然天天都超過三十度。

4 憧れのスターに手紙を書いたところが、手書きの返事が来た。

寫了信給喜歡的明星，沒想到居然收到了親筆回信。

5 大して勉強しなかったところが、成績は思ったより悪くなかった。

雖然沒有使力唸書，但是成績並非像的差。

~っこない

不可能…、決不…

類義表現
~わけはない、~はずがない、 絶対に~ない 不可能…

接続方法▶【動詞連用形】＋っこない

表示強烈否定，某事發生的可能性。一般用於口語，用在關係比較親近的人之間。

例1 こんな長い文章、すぐには暗記できっこないです。

這麼長的文章，根本沒辦法馬上背起來呀！

> 天啊！長達 5000 字的英文，要我一個晚上就背下來，不可能吧！

カリカリ…

> 「っこない」前接不可能辦到的事，表示強烈的否定。

2 どんなに勉強しても、アメリカ人と同じには英語をしゃべれっこない。

不管再怎麼努力學習英語，也不可能和美國人講得一樣流利。

3 スターに手紙を書いても、本人からの返事なんて来っこないよ。

就算寫信給明星，也不可能會收到他本人的回信。

4 どんなに急いだって、間に合いっこないよ。

不管怎麼趕，都不可能趕上的。

5 3億円の宝くじなんて、当たりっこない。

高達三億圓的彩金，怎麼可能會中獎呢。

grammar 049 ～つつある

正在…

接続方法 ▶【動詞連用形】＋つつある

接続継動詞後面，表示某一動作或作用正向著某一方向持續發展，為書面用語。相較於「～ている」表示某動作做到一半，「～つつある」則表示正處於某種變化中，因此，前面不可接「食べる、書く、生きる」等動詞。

例1 経済は、回復しつつあります。

經濟正在復甦中。

長期低迷的景氣，由於大家的努力，終於復甦了！

「つつある」前接的「回復する」（恢復）是繼續動詞，表示「回復する」這個恢復的動作正朝著一個方向持續發展。

2 一生結婚しない人が増えつつある。

一輩子不結婚的人數正持續增加當中。

3 この町の生活環境は悪化しつつある。

這個城鎮的生活環境正在持續惡化中。

4 方言はどんどん失われつつある。

方言正逐漸消失中。

5 二酸化炭素の排出量の増加に伴って、地球温暖化が進みつつある。

隨著二氧化碳排放量的增加，地球暖化現象持續惡化。

～つつ（も）

儘管…、雖然…；一邊…一邊…

接續方法▶【動詞連用形】＋つつ（も）

1 表示逆接，用於連接兩個相反的事物，如例（1）～（3）。
2 表示同一主體，在進行某一動作的同時，也進行另一個動作，這時只用「つつ」，不用「つつも」，如例（4）、（5）。

例1 身分が違うと知りつつも、好きになってしまいました。

雖然知道彼此的家世背景有落差，但還是愛上他了。

雖然他很窮，但他不屈服，有拼搏精神，讓我不顧一切的愛上了他。

用「つつも」來連接兩個相反的事情，「身分が違うと知り」和「好きになってしまいました」。

2 ちょっとだけと言いつつ、たくさん食べてしまった。
我一面說只嚐一點點就好，卻還是吃了一大堆。

3 やらなければならないと思いつつ、今日もできなかった。
儘管知道得要做，但今天還是沒做。

4 彼は酒を飲みつつ、月を眺めていた。
他一邊喝酒，一邊賞月。

5 給料日前なので、買い物は財布の中身を考えつつしないといけない。
由於還沒到發薪日，因此買東西時必須掂一掂錢包裡的鈔票才行。

grammar 051 ～て（で）かなわない

…得受不了、…死了

接續方法▶【形容詞連用形】＋てかなわない；【形容動詞詞幹】＋でかなわない

表示情況令人感到困擾或無法忍受。敬體用「～てかなわないです」、「～てかないません」。

例1 毎日の生活が退屈でかなわないです。

每天的生活都無聊得受不了。

我的生活只剩下上班跟睡覺，沒有其他樂趣，真是乾燥乏味到極點了！！！

「てかなわない」表示說話者受不了某種情況。

2 このごろ、両親が「ケッコン、ケッコン」とうるさくてかなわない。

這陣子真受不了爸媽成天把「結婚、結婚」這兩個字掛在嘴邊催我結婚。

3 歯が痛くてかなわない。

牙齒疼得受不了。

4 髪が伸びて邪魔でかなわないから、明日切りに行こう。

頭髮長長了實在是很礙事，明天去剪吧。

5 このコンピューターは、遅くて不便でかなわない。

這台電腦跑很慢，實在是很不方便。

grammar 052

〜てこそ

只有…才（能）、正因為…才…

接続方法▶【動詞連用形】＋てこそ

由接續助詞「て」後接提示強調助詞「こそ」表示由於實現了前項，從而得出後項好的結果。「てこそ」後項一般接表示褒意或可能的內容。是強調正是這個理由的說法。

例1 人は助け合ってこそ、人間として生かされる。

人們必須互助合作才能得到充分的發揮。

人是群體的動物，需要互相協助、依賴才能存活下去，生命才能更圓滿。

「てこそ」表示由於實現了前面的「人們互助」，才會有後面「得到充分的發揮」這一好結果。

---

2 目標を達成してこそ、大きな満足感が得られる。

正因為達成目標，才能得到大大的滿足感。

3 口先だけでなく、行動で示してこそ、信頼してもらえる。

不單是動嘴，還要採取行動表現出來，才能受到信賴。

4 努力を積み重ねてこそ、よい結果が出せる。

要日積月累的努力才會得到好成果。

5 ダイエットは、継続してこそ成果が得られる。

減重只有持之以恆，才會有成效。

grammar 053

〜て（で）しかたがない、て（で）しょうがない、て（で）しようがない

…得不得了

類義表現
〜てならない、〜てたまらない、非常に
…得不得了

接續方法▶【形容動詞詞幹；形容詞・動詞連用形】＋て（で）しかたがない、て（で）しょうがない、て（で）しようがない

1 表示心情或身體，處於難以抑制，不能忍受的狀態，為口語表現。使用頻率依序為：「て（で）しょうがない」、「て（で）しかたがない」、「て（で）しようがない」，其中「〜て（で）しょうがない」使用頻率最高，如例（1）～（4）。形容詞、動詞用「て」接續，形容動詞用「で」接續。

2 請注意「〜て（で）しょうがない」與「〜て（で）しようがない」意思相同，發音不同，如例（5）。

例1 彼女のことが好きで好きでしょうがない。

我喜歡她，喜歡到不行。

「てしょうがない」用在情不自禁地產生某種感覺，自己實在無法控制的情況。

「てしょうがない」前面接表示喜歡的感覺、感情或慾望的詞！

2 蚊に刺されたところがかゆくてしかたがない。

被蚊子叮到的地方癢得要命。

3 ふるさとが恋しくてしょうがない。

非常、非常思念故鄉。

4 何だか最近いらいらしてしょうがない。

不知道為什麼，最近心情煩躁得要命。

5 母からの手紙を読んで、泣けてしようがなかった。

讀著媽媽寫來的信，哭得不能自己。

054 ～てとうぜんだ、てあたりまえだ

難怪…、本來就…、…也是理所當然的

類義表現
～ものだ
本來就是…

接続方法▶【形容動詞詞幹】＋で当然だ、で当たり前だ；【動詞・形容詞連用形】＋て当然だ、て当たり前だ

表示前述事項自然而然地就會導致後面結果的發生，這樣的演變是合乎邏輯的。

例1 やせたいからといって食事を一日一食にするなんて、倒れて当然だ。

雖說想減肥，但一天只吃一餐，難怪會病倒。

減肥如果想瘦得健康、漂亮，一定要適當運動和均衡飲食啦！過度節食身體會搞壞的！

「用膝蓋想也知道」的事情就用「て当然だ」。

2 両親が美男美女だもの、息子がハンサムで当然だ。

爸媽都是俊男美女嘛，兒子長得帥也是理所當然的呀。

3 外国語の学習は、時間がかかって当然だ。

學習外語本來就要花時間。

4 毎回おごってもらって当たり前だと思っているような女の子は、ちょっとなあ。

實在不太能苟同那種每次聚餐都認為別人請客是天經地義的女孩。

5 彼は頭がいいから、東大に合格できて当然だ。

他頭腦很好，考上東大也是理所當然。

grammar 055

～て (は) いられない、てられない、てらんない

不能再…、哪還能…

接続方法 ▶ 【動詞連用形】＋て (は) いられない、てられない、てらんない

1 表示無法維持某個狀態，如例（1）～（3）。

2 「～てられない」為口語說法，是由「～ていられない」中的「い」脫落而來的，如例（4）。

3 「～てらんない」則是語氣更隨便的口語說法，如例（5）。

例1 心配(しんぱい)で心配(しんぱい)で、家(いえ)でじっとしてはいられない。

擔心的不得了，在家裡根本待不住。

我的寶貝兒子被綁架了！要是他有什麼萬一我該怎麼辦！？

「ていられない」表示無法維持待在家這個狀態。

2 (夫婦(ふうふ)の片方(かたほう)が) ああっ、いびきがうるさくて寝(ね)ていられない！

(夫妻的其中一人) 哎，打呼聲吵死人了，這要我怎麼睡嘛！

3 えっ、スーパーで今日(きょう)だけお肉半額(にくはんがく)？こうしちゃいられない、買(か)いに行(い)かなくちゃ！

什麼，超市只限今天肉品半價？我可不能在這裡蘑菇了，得趕快去買才行！

4 忙(いそが)しくて、ゆっくり家族旅行(かぞくりょこう)などしてられない。

這麼忙，哪有時間悠閒地來個家族旅行什麼的。

5 5年後(ねんご)の優勝(ゆうしょう)なんて待(ま)ってらんない。

等不及五年後要取得冠軍了。

〜てばかりはいられない、〜てばかりもいられない

不能一直…、不能老是…

接続方法▶【動詞連用形】＋てばかりはいられない、てばかりもいられない
表示不可以過度、持續性地、經常性地做某件事情。

例1 忙しいからって、部長のお誘いを断ってばかりはいられない。

雖説很忙碌，但也不能一直拒絕部長的邀約。

部長數次約我去喝酒都被我擋掉了，再這樣下去，我的升遷就無望了…

「てばかりはいられない」表示不能繼續做拒絕這個行為。

2 明日は試験があるから、こんなところで遊んでばかりはいられない。

明天要考試，不能在這裡一直玩耍。

3 日曜日だけど、寝てばかりもいられない。1週間分たまっている洗濯をしなくちゃ。

雖然是星期天，但沒辦法整天睡懶覺，得把積了一整個星期的髒衣服洗一洗才行。

4 いつまでも親に甘えてばかりもいられない。

也不能一直依賴父母。

5 子供が生まれてうれしいが、お金のことを考えると喜んでばかりもいられない。

孩子出生雖然開心，但一想到養育費，似乎也無法光顧著高興。

grammar 057 　〜てはならない

不能…、不要…

類義表現
〜てはいけない
不能…

接續方法▶【動詞連用形】＋てはならない

為禁止用法。表示有義務或責任，不可以去做某件事情。敬體用「〜
てはならないです」、「〜てはなりません」。

例1 人と違ったことをするのを恐れてはならない。

不要害怕去做和別人不一樣的事情。

你想和外星人做生意就去吧！加油！

要對方別去做某件事情就用「てならない」。

2 試合が終わるまで、一瞬でも油断してはならない。

在比賽結束之前，一刻也不能鬆懈。

3 昔話では、「見てはならない」と言われたら必ず見ることになっている。

在老故事裡，只要被叮嚀「絕對不准看」，就一定會忍不住偷看。

4 夢がかなうまで諦めてはなりません。

在實現夢想之前不要放棄。

5 パンドラは、開けてはならないと言われていた箱を開けてしまいました。

潘朵拉是指一只據說絕對不能打開的盒子，結果卻被打開了。

★ 精選 N2 考題中，常考的 N3 文法，復習一下吧！

…て（で）ならない /…得厲害、…得受不了、非常…

彼女のことが気になってならない。

十分在意她。

…ということだ /聽說…、據說…

課長は、日帰りで出張に行ってきたということだ。

聽説課長出差，當天就回来。

…とおり、とおりに /按照…、按照…那樣

医師の言うとおりに、薬を飲んでください。

請按照醫生的指示吃藥。

…どおり、どおりに /按照…、正如…那樣、像…那樣

荷物を、指示どおりに運搬した。

行李依照指示搬運。

…とか /好像…、聽說…

当時はまだ新幹線がなかったとか。

聽説當時還沒有新幹線。

…ところへ /…的時候、正當…時、突然…、正要…時、（…出現了）

植木の世話をしているところへ、友だちが遊びに来ました。

正要修剪盆栽時，朋友就來了。

…ところに　　　　　　　　　　　　/…的時候、正在…時

_で
出かけようとしたところに、電話が鳴った。
正要出門時，電話鈴就響了。

…ところを　　　　　　　　　　　/正…時、之時、正當…時…

タバコを吸っているところを母に見つかった。
抽煙時，被母親撞見了。

…とすれば、としたら　　　　　/如果…、如果…的話、假如…的話

_{しかく}_と　　　　　　　　　　　　　　_{かんごし}_{めんきょ}
資格を取るとしたら、看護士の免許をとりたい。
要拿執照的話，我想拿看護執照。

…として、としては　　　/以…身份、作為…（或不翻譯）；如果是…的話、對…來說

_{ひょうろんか}　　　　　　　　_{ひとこといけん}_の　　　　　_{おも}
評論家として、一言意見を述べたいと思います。
我想以評論家的身份，説一下我的意見。

…としても　　　　　　　　　　/即使…，也…、就算…，也…

_{ちから}_あ　　　　　　　　　　　_{かれ}_か
みんなで力を合わせたとしても、彼に勝つことはできない。
就算大家聯手，也沒辦法贏他。

…とともに　　　　　　　　　　/和…一起、與…同時、也…

_{しごと}　　　　　_{かね}_え　　　　　　　　　　　_{たくさん}　　　　_{まな}
仕事をしてお金を得るとともに、沢山のことを学ぶことができる。
工作得到報酬的同時，也學到很多事情。

Practice・4

[第四回練習問題]

問題一　次の文の（　　）に入る最も適当な言葉を1・2・3・4から選びなさい。

1 卒業して（　　）、彼とは全然会っていない。
　1. 以来　　2. ところに　　3. 上で　　4. 末に

2 新入社員がいきなり営業なんて（　　）。
　1. できっこない　　　　　2. できるっけ
　3. できかねない　　　　　4. できるとか

3 朝から何も食べていないのでお腹がすいて（　　）。
　1. たまらない　　　　　2. はならない
　3. ないではいられない　　4. いられない

4 郵便局に行くの？じゃあ、（　　）この手紙も出してきてね。
　1. とたんに　　2. つつに　　3. ついでに　　4. 最中に

5 会社に着いた（　　）、たくさん電話がかかってきた。
　1. とたん　　2. かのうちに　　3. のところに　　4. の最中に

6 山田さんの長男は大学生になってから急に（　　）なったね。
　1. 大人げに　　2. 大人ように　　3. 大人だけに　　4. 大人っぽく

7 子供が欲しくて（　　）。
　1. ものがある　　　　　2. いい
　3. たまらない　　　　　4. ほしい

8 日本の景気は次第に回復（　　）。
　1. しきる　　2. してある　　3. しつつある　　4. しておいた

9 最近、しきりに故郷のことが思い出されて（　　）。

1. ある　　2. なる　　3. あらない　　4. ならない

10 このあたりは、台風がくる（　　）洪水の被害がでる。

1. たびに　　2. うちに　　3. 場面に　　4. のに

11 （　　）成績がよくても、人柄が悪ければどうしようもない。

1. たとえ　　2. さいわい　　3. うんよく　　4. いつか

12 歯をみがいて（　　）寝てはいけません。

1. 以来
2. からでないと
3. 先立ち
4. 末に

13 この部屋はほこり（　　）だ。

1. だけ　　2. だらけ　　3. だった　　4. だし

14 駅に行く（　　）、友達の家に寄った。

1. のに　　2. ついでに　　3. うちに　　4. 際して

| 問題二 | 文を完成させなさい。 |

1 （　　　　　　　　）以来、（　　　　　　　　　）。

2 （　　　　　　　　）てたまらない。

3 （　　　　　　　　）たとたん、（　　　　　　　）。

4 たとえ（　　　　　　　　）でも、（　　　　　　　）。

5 （　　　　　　　　）つつ（　　　　　　　　）。

6 （　　　　　　　　）てからでないと（　　　　　　　）。

7 （　　　　　　　　）たびに（　　　　　　　　）。

8 （　　　　　　　　）てなりません。

9 （　　　　　　　　）ついでに（　　　　　　　）。

10 （　　　　　　　　）だらけだ。

11 （　　　　　　　　）は（　　　　　　　　）つつある。

～てまで、までして

到…的地步、甚至…、不惜…

1 【動詞連用形】＋てまで。前接動詞時，用「～てまで」，如例（1）、～（4）。

2 【體言】＋までして。表示為了達到某種目的，採取令人震驚的極端行為，或是做出相當大的犧牲，如例（5）。

例1 女の人はなぜ痛い思いをしてまで子供を産みたがるのだろう。

女人為何不惜痛苦也想生孩子呢？

> 聽說分娩的痛像是卡車來回輾過 100 次，又像雷擊一樣，聽來就可怕！媽媽真偉大～

> 為了展現產婦的極大犧牲 就用「してまで」吧！

---

2 あそこの店は確かにおいしいが、並んでまで食べたいとは思わない。

那一家店確實好吃，但我可不想為了吃它還得排隊。

3 整形手術をしてまで、美しくなりたいとは思いません。

我沒有想變漂亮想到要整形動刀的地步。

4 映画の仕事は、彼が家出をしてまでやりたかったことなのだ。

從事電影相關工作，是他不惜離家出走也想做的事。

5 人殺しまでして、金がほしかったのか。

難道不惜殺人，也要把錢拿到手嗎？

grammar 059

〜といえば、といったら

談到…、提到…就…、說起…、（或不翻譯）

類義表現

というと
提到…

接続方法 ▶【體言】＋といえば、といったら
用在承接某個話題，從這個話題引起自己的聯想，或對這個話題進行說明。

例1 京都の名所といえば、金閣寺と銀閣寺でしょう。

提到京都名勝，那就非金閣寺跟銀閣寺莫屬了！

> 談到京都，當然就聯想到金閣寺跟銀閣寺了。

> 「といえば」表示談到什麼話題，就產生跟這個話題有關的聯想。或再補充說明自己知道的訊息，譬如京都附近的鄉間都很有歷史特色，很值得走一走，之類的。

2 台湾の観光スポットといえば、故宮と台北 101 でしょう。
　提到台灣的觀光景點，就會想到故宮和台北 101 吧。

3 意地悪な人といえば、高校の数学の先生を思い出す。
　說到壞心眼的人，就想起高中的數學老師。

4 日本料理といったら、おすしでしょう。
　談到日本料理，那就非壽司莫屬了。

5 好きな作家といったら、川端康成です。
　要說我喜歡的作家，就是川端康成。

～というと、っていうと

你說…；提到…、要說…、說到…

類義表現
～といえば
說到…

接續方法▶【體言；句子】＋というと、っていうと

1 用於確認對方的發話內容，說話人再提出疑問、質疑等，如例（1）～（3）。
2 表示承接話題的聯想，從某個話題引起自己的聯想，或對這個話題進行說明，如例（4）、（5）。

例1 堺照之というと、このごろテレビでよく見かけるあの堺照之ですか。

你說的那個堺照之，是最近常在電視上看到的那個堺照之嗎？

什麼！？你說堺照之在那間店裡！？是最近紅透半邊天的那個演員！？

用「というと」來確認是不是自己知道的那位堺照之。

2 バスがストライキというと、どうやって会社に行ったらいいんだ？

說到巴士罷工這件事，那麼該怎麼去公司才好呢？

3 会えないっていうと？そんなにご病気重いんですか。

說是沒辦法見面？當真病得那麼嚴重嗎？

4 古典芸能というと、やはり歌舞伎でしょう。

提到古典戲劇，就非歌舞伎莫屬了。

5 英語ができるっていうと、山崎さん、TOEIC850なんだってよ。

說到擅長英文，據說山崎小姐的多益成績是 850 分喔。

～というものだ

也就是…、就是…

類義表現
～なのだ
就是…

接續方法▶【體言；用言連體形】＋というものだ

1 表示對事物做出看法或批判，是一種斷定說法，不會有過去式或否定形的活用變化，如例（1）～（4）。

2「ってもん」是種較草率、粗魯的說法，是先將「という」變成「ってもん」，再接上「もの」轉變的「もん」，如例（5）。

例1 この事故で助かるとは、幸運というものです。

能在這事故裡得救，算是幸運的了。

大難不死必有後福，重大事故還能平安無事，這只能說是太幸運啦！

這一句前項是「この事故で助かる」（在事故中獲救），後項的「幸運」（太幸運啦）是針對前項的評論。

---

2 困った時には助け合ってこそ、真の夫婦というものだ。

有困難的時候互相幫助，這才叫做真正的夫妻。

3 コネで採用されるなんて、ずるいというものだ。

透過走後門找到工作，實在是太狡猾了。

4 18歳で結婚なんて、早過ぎるというものだ。

在十八歲時結婚，這樣實在太早了。

5 地球は自分を中心に回っているとでも思ってるの？

大間違いってもんよ。

他以為地球是繞著他轉的啊？真是大錯特錯啦！

～というものではない、というものでもない

…可不是…、並不是…、並非…

接續方法▶【體言；用言終止形】＋というものではない、というものでもない

表示對某想法或主張，不能說是非常恰當，不完全贊成。

例1 結婚すれば幸せというものではないでしょう。

結婚並不代表獲得幸福吧！

結婚就能得到幸福嗎？
其實那要靠雙方婚後的
用心經營啦！

不直接，而是委婉地否定對
方的想法不夠全面，不能說
是非常恰當，就用「という
ものではない」。

---

2 警察は常に正義の味方だというものでもない。

警察並非永遠都是正義的一方。

3 年上だからといって、いばってよいというものではない。

並不是稍長個幾歲，就可以對人頤指氣使的！

4 才能があれば成功するというものではない。

有才能並非就能成功。

5 謝れば済むってもんじゃない。弁償しないと。

這可不是道歉就能了事的！一定要賠償才行！

grammar 063

～どうにか（なんとか、もうすこし）～ないもの（だろう）か

能不能…

類義表現

どうにかして～たい
想辦法要…

接続方法▶ どうにか（なんとか、もう少し）＋【動詞未然形；動詞可能形詞幹】＋
ないもの（だろう）か

表示說話者有某個問題或困擾，希望能得到解決辦法。

例1 最近よく変な電話がかかってくる。どうにかならないものか。

最近常有奇怪的電話打來。有沒有什麼辦法啊？

又是「いたずら電話」（騷擾電話），打來都不出聲，我真是受夠了！

希望能得到解決方法的時候就用「どうにか」來表達自己的困擾。

---

2 近所の子どもがいたずらばかりして困る。どうにかやめさせられないものだろうか。

附近的小孩老是在惡作劇，真令人困擾。能不能讓他們停止這種行為啊？

3 とても大切なものなんです。なんとか直らないものでしょうか。

這是非常珍貴的東西。能不能想辦法修好呢？

4 それは相手が怒るのも無理はない。もう少し言いようがなかったものか。

也難怪對方會生氣，就不能把話講得好聽一點嗎？

5 「なんとか、もう少し待っていただけないものでしょうか」
「しょうがないなあ、じゃあ、今週の金曜日までだよ」

「真的沒有辦法再多等一下下嗎？」「真拿你沒辦法，那麼，就留到這個星期五囉！」

grammar 064　〜とおもうと、とおもったら

原以為…，誰知是…；覺得是…，結果果然…

類義表現
〜かと思うと
剛一…就

接續方法 ▶【體言だ】＋と思うと、と思ったら；【動詞過去式】＋と思うと、と思ったら

1　表示本來預料會有某種情況，下文的結果有兩種：較常用於出乎意外地出現了相反的結果，如例（1）～（4）。

2　用在結果與本來預料是一致的，只能使用「とおもったら」，如例（5）。此句型無法用於說話人本身。

例1　太郎は勉強していると思ったら、漫画を読んでいた。

原以為太郎在看書，誰知道是在看漫畫。

原以為太郎在看書（本來預料有某種情況）。

誰知道是在看漫畫（出乎意外出現了相反結果）。

2　彼のオフィスは、3階だと思ったら4階でした。

原以為他的辦公室在三樓，誰知是四樓。

3　起きてきたと思ったら、また寝てしまった。

原以為起床了，結果又倒頭睡著了。

4　太郎は勉強を始めたと思うと、5分で眠ってしまいました。

還以為太郎開始用功了，誰知道才五分鐘就呼呼大睡了。

5　雷が鳴っているなと思ったら、やはり雨が降ってきました。

覺得好像打雷了，結果果然就下起雨來了。

～どころか

哪裡還…、非但…、簡直…

類義表現

～はもちろん～さえ
別說是…就連…也是

接續方法▸【體言；用言連體形】＋どころか

1 表示從根本上推翻前項，並且在後項提出跟前項程度相差很遠，如例（1）～（3）。
2 表示事實結果與預想內容相反，如例（4）、（5）。

例1 お金が足りないどころか、財布は空っぽだよ。

哪裡是不夠錢，錢包裡就連一毛錢也沒有。

錢哪裡才不夠，錢包裡一毛錢都沒有呢！

「どころか」表示聽話人還以為是「お金が足りない」（不夠錢），說話人說明了不但不是錢不夠，而且「財布は空っぽだ」（錢包裡一毛錢都沒有）呢。

2 腰が痛くて、勉強どころか、横になるのも辛いんだ。

腰實在痛得受不了，別說唸書了，就連躺著休息都覺得痛苦。

3 一流大学を出ているどころか、博士号まで持っている。

他不僅是從名校畢業，還擁有博士學位。

4 「がんばれ」と言われて、うれしいどころかストレスになった。

聽到這句「加油」，別說高興，根本成了壓力。

5 失敗はしたが、落ち込むどころかますますやる気が出てきた。

雖然失敗了，可是不但沒有沮喪，反而激發出十足幹勁。

066 ～どころではない

哪裡還能…、不是…的時候；何止…

接続方法▶【體言；用言連體形】＋どころではない

1 表示沒有餘裕做某事，如例（1）、（2）。
2 表示事態大大超出某種程度，如例（3）、（4）。
3 表示事態與其說是前項，實際為後項，如例（5）。

例1 先々週は風邪を引いて、勉強どころではなかった。

上上星期感冒了，哪裡還能唸書啊。

> 由於上星期感冒了，所以
> 不能進行「どころではな
> い」前面期待的行為的「勉
> 強」（學習）。

2 いろいろ仕事が重なって、休むどころではありません。

各種各樣的工作堆在一塊，哪裡還有時間讓我慢慢休息。

3 あったかかったどころじゃない、暑くて暑くてたまらな
かったよ。

這已經不只是暖和，根本是熱到教人吃不消了耶！

4 パソコンは、私にとって便利どころではなく、生活
必需品です。

電腦對我而言不僅僅是使用便利，而是生活必需品。

5 涼しかったどころじゃない、あんな寒いところだとは思わ
なかったよ。

哪裡是涼爽的天氣，根本連作夢都沒想到那地方會冷成那樣耶！

grammar 067 〜とはかぎらない

也不一定…、未必…

類義表現
〜ものではない
不是…的

接續方法▶【體言；用言終止形】＋とは限らない

表示事情不是絕對如此，也是有例外或是其他可能性。

例1 お金持ちが必ず幸せだとは限らない。

有錢人不一定就能幸福。

豪門深似海！她自從嫁給富二代後，不但沒有開心當貴婦，反而成天鬱鬱寡歡。

如果事情不是 100% 如此，就用「とは限らない」來表示例外。

2 逃げたからといって、犯人（だ）とは限らない。

雖說逃走了，並不代表他就是凶手。

3 本に書いてあることが必ず正しいとは限らない。

寫在書上的文字不一定就是正確的。

4 訴えたところで、勝訴するとは限らない。

即使是提出告訴，也不一定能打贏官司。

5 機械化したところで、必ずしも効率が上がるとは限らない。

即使是機械化，也不一定能提高效率。

grammar
068

〜ないうちに

在未…之前，…、趁沒…

接続方法▶【動詞未然形】＋ないうちに

這也是表示在前面的環境、狀態還沒有產生變化的情況下，做後面的動作。

例1 **嵐が来ないうちに、家に帰りましょう。**

趁暴風雨還沒來之前，回家吧！

哇！天色轉陰了，好像要下雨了呢！

趕快趁還沒下雨（前面的狀態沒有產生變化之下）回家吧！（做後面的動作）

2 **雨が降らないうちに、帰りましょう。**

趁還沒下雨，回家吧！

3 **値が上がらないうちに、マンションを買った。**

在房價還沒有上漲之前，買了公寓。

4 **知らないうちに、隣の客は帰っていた。**

不知不覺中，隔壁的客人就回去了。

5 **1分もたたないうちに、「ゴーッ」といびきをかき始めた。**

上床不到一分鐘就「呼嚕」打起鼾來了。

126

grammar 069 〜ないかぎり

除非…、否則就…、只要不…，就…

類義表現
〜ないなら、〜なければ
只要不…

接續方法 ▶【動詞未然形】＋ないかぎり

表示只要某狀態不發生變化，結果就不會有變化。含有如果狀態發生變化了，結果也會有變化的可能性。

例1 犯人が逮捕されないかぎり、私たちは安心できない。

只要沒有逮捕到犯人，我們就無法安心。

> 最近常聽到有人惡意縱火，只要縱火的犯人沒有被逮捕（某狀態不發生變化）。

> 我們的生活就備受威脅，晚上也沒辦法安心睡覺了（結果就不會有變化）。

2 しっかり練習しないかぎり、優勝はできません。

要是沒紮實做練習，就沒辦法獲勝。

3 大地震や台風でも来ない限り、イベントは予定通り行う。

除非遇到大地震或是颱風，否則活動依然照常舉行。

4 文書で許可を得ない限り、撮影・録音などは禁止です。

除非拿到了書面許可，否則禁止錄音攝影。

5 社長の気が変わらないかぎりは、大丈夫です。

只要社長沒改變心意就沒問題。

Practice・5

| 問題一 | 次の文の（　）に入る最も適当な言葉を1・2・3・4から選びなさい。 |

1 若ければ体力がある（　　）。

1．どころではない　　　　　　2．というはずではない

3．というものでもない　　　　4．というほかでもない

2 勉強している（　　）、友だちが遊びに来た。

1．ところに　2．どころか　3．場面に　4．場面を

3 天気予報によると、来週、大型の台風が上陸する（　　）。

1．わけがない　　　　　　　2．ということだ

3．ことになっている　　　　4．のです

4 彼は教師である（　　）、すぐれた研究者でもある。

1．とのことで　　　　　　2．というのに

3．とともに　　　　　　　4．といっしょに

5 フランス料理（　　）まずシチューを思い出します。

1．にかんして　　　　　　2．にかけては

3．というと　　　　　　　4．のような

6 この地図（　　）行けば、店はすぐ見つかるはずです。

1．にこたえて　　　　　　2．のとおりに

3．にして　　　　　　　　4．のような

7 あの子は勉強ができない（　　）なまけものなのよ。

1．とおりに　2．というより　3．といって　4．として

8 仕事が忙しくて、休みを取る（　　）。

1. わけではない　　　　　　2. ものではない

3. ようではないか　　　　　4. どころではない

9 もし外国語を習う（　　）、何を習いたいですか。

1. かぎりは　　2. としたら　　3. ばかりか　　4. ので

10 彼は学校の代表（　　）コンクールに参加した。

1. とかわり　　　　　　　　2. とうちに

3. として　　　　　　　　　4. とおうじて

11 先生の言う（　　）書いてください。

1. とたんに　　2. うちに　　3. ところに　　4. とおりに

12 会社の代表（　　）参りました。

1. ときに　　2. として　　3. とって　　4. とり

13 われわれは全員一致で、彼を委員長（　　）推薦します。

1. よって　　2. そって　　3. として　　4. おいて

| 問題二 | 文を完成させなさい。 |

1 （　　　　　　　　　　）というものではない。

2 今日は（　　　　　　　　）として（　　　　　　　　　）。

3 （　　　　　　　　　　）ということだ。

4 （　　　　　　　　）ところへ（に）、急に（　　　　　　　）。

5 （　　　　　　　　　　）としたら（　　　　　　　）。

～ないことには

要是不…、如果不…的話，就…

類義表現
～なければ、～ないと
如果不…的話

接續方法▶【動詞未然形】＋ないことには

表示如果不實現前項，也就不能實現後項。後項一般是消極的、否定的結果。

例1 保護しないことには、この動物は絶滅してしまいます。

如果不加以保護，這種動物將會瀕臨絕種。

> 環境劇烈的變化，讓許多動物頻臨絕種的危機！

> 「ないことには」表示，如果不實現前項的「保護する」（保護）這一措施，就會產生後項的消極結果「この動物は絶滅してしまいます」（這動物就會絕種了）。

2 試験にパスしないことには、資格はもらえない。

如果不通過考試，就拿不到資格。

3 工夫しないことには、問題を解決できない。

如果不下點功夫，就沒辦法解決問題。

4 見た目はおいしそうだが、実際食べてみないことには分からない。

外觀看起來雖然美味，但沒有實際吃過還是難保絕對可口。

5 趙さん、遅いな。誕生日パーティーなのに、主役が来ないことには始められないよ。

趙小姐怎麼還沒來呀？這可是她的生日派對，連主角都沒到，怎麼開始呢！

～ないではいられない

類義表現
～しないでは我慢できない
忍不住要…

不能不…、忍不住要…、不禁要…、
不…不行、不由自主地…

接続方法：【動詞未然形】＋ないではいられない

表示意志力無法控制，自然而然地內心衝動想做某事。傾向於口語用法。

例1 紅葉がとてもきれいで、歓声を上げないではいられなかった。

楓葉真是太美了，不禁歡呼起來。

滿山遍野的紅葉，真是美不勝收！

「ないではいられない」表示看到眼前的美景，自然而然衝動地有了「歓声を上げる」（嘆為觀止）的動作，這個動作就連自己，也沒辦法控制的。

2 特売が始まると、買い物に行かないではいられない。
特賣活動一開始，就忍不住想去買。

3 税金が高すぎるので、文句を言わないではいられない。
因為稅金太高了，忍不住就想抱怨幾句。

4 彼女の身の上話を聞いて、同情しないではいられなかった。
聽了她的際遇後，教人不禁同情了起來。

5 困っている人を見て、助けないではいられなかった。
看到人家有困難時，實在無法不伸出援手。

072 ～ながら（も）

雖然…，但是…、儘管…、明明…卻…

類義表現
～のに
卻…

接續方法▶【體言；形容詞終止形；形容動詞詞幹；動詞連用形；副詞】＋ながら（も）
連接兩個矛盾的事物，表示後項與前項所預想的不同。

例1 この服は地味ながらも、とてもセンスがいい。

這件衣服雖然樸素，卻很有品味。

好個樸素、優雅的女人！

「ながら」表示儘管這衣服「地味」（樸素），但是卻預想不到的後項「とてもセンスがいい」（很有品味）呢。

2 狭いながらも、楽しい我が家だ。

雖然很小，但也是我快樂的家。

3 残念ながら、今回はご希望に添えないことになりました。

很遺憾，目前無法提供適合您的職務。

4 夫に悪いと思いながらも、彼への思いがどんどん募っていきました。

雖然覺得對不起先生，但對情夫的愛意卻越來越濃。

5 情報を入手していながらも、活かせなかった。

儘管取得了資訊，卻沒有辦法活用。

～にあたって、にあたり

在…的時候、當…之時、當…之際

類義表現

～に際して、
～をするときに
在…的時候

接続方法：【體言；用言連體形】＋にあたって、にあたり

表示某一行動，已經到了事情重要的階段。它有複格助詞的作用。
一般用在致詞或感謝致意的書信中。

例1 このおめでたい時にあたって、一言お祝いを言いたい。

在這可喜可賀的時候，我想說幾句祝福的話。

新郎新娘好對登對喔！

「にあったて」表示在這重要的「お
めでたい時」（可喜可賀的時候），
想進行後面的動作「一言お祝い
を言いたい」（說幾句祝福的話）。
一般是用在致詞或感謝信中。

2 「ご利用にあたっての注意事項」をお読みになってから、
お申し込みください。

請先閱讀「使用之相關注意事項」之後，再提出申請。

3 この実験をするにあたり、いくつか注意しなければなら
ないことがある。

在進行這個實驗的時候，有幾點要注意的。

4 社長を説得するにあたって、慎重に言葉を選んだ。

說服社長的時候，說話要很慎重。

5 プロジェクトを展開するにあたって、新たに職員を採用した。

為了推展計畫而進用了新員工。

～におうじて

根據…、按照…、隨著…

類義表現
～に基づいて
根據…

接續方法▶【體言】＋に応じて
表示按照、根據。前項作為依據，後項根據前項的情況而發生變化。

例1 働きに応じて、報酬をプラスしてあげよう。

依工作的情況來加薪！

現在日本論功行賞，注重實力的公司越來越多了！

「に応じて」表示根據前項的「働き」（工作實績），而相應發生了後項的「報酬をプラスしてあげよう」（加薪）動作。

2 エスカレーターの近くに、季節に応じた商品を並べる。

在手扶梯附近陳列當季商品。

3 その日の気分に応じた色の服を着る。

根據當天的心情穿上相對應色彩的服裝。

4 保険金は被害状況に応じて支払われます。

保險給付是依災害程度支付的。

5 収入に応じて、生活のレベルを変える。

改變生活水準以配合收入。

grammar 075

～にかかわって、にかかわり
～にかかわる

關於…、涉及…

類義表現

～に重大な関係のある
涉及重大的…

接続方法▶【體言】＋にかかわって、にかかわり、にかかわる
表示後面的事物受到前項影響，或是和前項是有關聯的。

例1 命にかかわる大けがをした。

受到攸關性命的重傷。

> 爸爸在工地發生工安意外受了重傷，現在正在動手術，真希望他能平安！

> 「にかかわる」表示後項和前項是有關的。

2 新製品の開発にかかわって10年、とうとう完成させることができた。

新產品開發了十年，終於能完成了。

3 日本語をもっと勉強して、将来は台日友好にかかわる仕事がしたい。

我要多讀點日語，將來想從事台日友好相關工作。

4 やめとけよ、あいつにかかわるとろくなことがないぜ。

別理他了啦！要是和那傢伙牽扯下去，可不會有好下場的哩！

5 これは我が国の信用にかかわる。

此事關乎我國威信。

076 ～にかかわらず

無論…與否…、不管…都…、儘管…也…

類義表現
～にもかかわらず、
～にかかわりなく
儘管…；不管…都…

接續方法 ▶【體言；用言連體形】＋にかかわらず

1 表示前項不是後項事態成立的阻礙。接兩個表示對立的事物，表示跟這些無關，都不是問題，前接的詞多為意義相反的二字熟語，或同一用言的肯定與否定形式，如例（1）～（4）。

2「～にかかわりなく」跟「～にかかわらず」意思、用法幾乎相同，表示「不管…都…」之意，如例（5）。

例1 お酒を飲む飲まないにかかわらず、一人当たり 2,000 円を払っていただきます。

不管有沒有喝酒，每人都要付兩千日圓。

2000円

「にかかわらず」接兩個對立的事物。

表示與「お酒を飲む飲まない」（喝不喝酒）都無關，後面的情況「一人当たり2千円を払っていただきます」（一個人收 2000 日圓）都要成立。

2 金額の多少にかかわらず、寄附は大歓迎です。

不論金額多寡，非常歡迎踴躍捐贈。

3 このアイスは、季節にかかわらず、よく売れている。

這種冰淇淋一年四季都賣得很好。

4 勝敗にかかわらず、参加することに意義がある。

不論是優勝或落敗，參與的本身就具有意義。

5 以前の経験にかかわりなく、実績で給料は決められます。

不管以前的經驗如何，以業績來決定薪水。

grammar 077

〜にかぎって、にかぎり

只有…、唯獨…是…的、獨獨…

類義表現
〜だけは、〜の場合だけは
唯獨…

接續方法【體言】＋に限って、に限り

1 表示特殊限定的事物或範圍，說明唯獨某事物特別不一樣，如例（1）〜（4）。
2「〜に限らず」為否定形，如例（5）。

例1 時間に空きがあるときに限って、誰も誘ってくれない。

獨獨在空閒的時候，沒有一個人來約我。

人生不如意十之八九啦！偏偏在我有空的時候，都沒人約！真是無聊！

「に限って」表示獨獨在「時間に空きがあるときに」（有空的時候），發生了後項的「誰も誘ってくれない」（沒有人約我）的情況。

---

2 前の晩、よく勉強しなかったときに限って、抜き打ちテストがある。

每次都是前一晚沒有用功讀書的時候，隔天就會抽考。

3 未使用でレシートがある場合に限り、返品を受け付けます。

僅限尚未使用並保有收據的狀況，才能受理退貨。

4 5時から6時のご来店に限り、グラスビール1杯サービスします。

限五點至六點來店的顧客可享免費啤酒一杯。

5 この店は、週末に限らずいつも混んでいます。

這家店不分週末或平日，總是客滿。

078

～にかけては

在…方面、關於…、在…這一點上

接続方法 ▶【體言】＋にかけては

表示「其它姑且不論，僅就那一件事情來說」的意思。後項多接對別人的技術或能力好的評價。

例1 パソコンのトラブル解決にかけては、自信があります。

在解決電腦問題方面，我有十足的把握。

有適當的自信是件好事喔！「にかけては」含有關於那件事的意思，哪件事呢？

就是前接的「パソコンの調整」（修理電腦），怎麼樣了呢？後續大都是「自信があります」（有自信）啦！等對人的能力的好評價。

---

2 米作りにかけては、まだまだ息子には負けない。

就種稻來說，我還寶刀未老，不輸兒子。

3 自動車の輸送にかけては、うちは一流です。

在汽車運送方面，本公司堪稱一流。

4 数学にかけては関本さんがクラスで一番だ。

在數學科目方面，關本同學是全班最厲害的。

5 人を笑わせることにかけては、彼の右に出るものはいない。

以逗人發笑的絕活來說，沒有人比他更高明。

〜にこたえて、にこたえ、にこたえる

應…、響應…、回答、回應

類義表現
〜に応じて
響應…

接續方法 ▶【體言】＋にこたえて、にこたえ、にこたえる

接「期待」、「要求」、「意見」、「好意」等體言後面，表示為了使前項能夠實現，後項是為此而採取行動或措施。

例1 農村の人々の期待にこたえて、選挙に出馬した。

為了回應農村的鄉親們的期待而出來參選。

別忘了，公職是為人民的喔！

「にこたえて」表示為了使前項的「農村の人々の期待」（村民的期待）得以實現，而採取「選挙に出馬した」（出來競選）這一措施。

2 中村は、ファンの声援にこたえ、満塁ホームランを打った。

中村在聽到球迷的聲援之後，揮出了一支三分全壘打。

3 消費者の要望にこたえて、販売地域の範囲を広げた。

應消費者的要求，擴大了銷售的範圍。

4 社員の要求にこたえ、職場環境を改善しました。

應員工的要求，改善了工作的環境。

5 需要にこたえるのではない。需要を作り出すのだ。

不是要回應需求，而是要創造需求！

～にさいし（て／ては／ての）

在…之際、當…的時候

接續方法▶【體言；動詞連體形】＋に際し（て／ては／ての）
表示以某事為契機，也就是動作的時間或場合。有複合詞的作用。
是書面語。

例1 チームに入るに際して、自己紹介をしてください。

入隊時請先自我介紹。

用「に際して」表示在前項的
「チームに入る」（加入團隊）的
時候，進行了後項的「自己紹介
をしてください」（請自我介紹）
的動作等。

2 ご利用に際しては、まず会員証を作る必要がございます。

在您使用的時候，必須先製作會員證。

3 試験に際し、携帯電話の電源は切ってください。

考試時手機請關機。

4 新入社員を代表して、入社に際しての抱負を入社式で述べた。

我代表所有的新進職員，在進用典禮當中闡述了來到公司時的抱負。

5 この商品は割れ物なので、扱うに際しては、十分気をつ
けてください。

這種商品是易碎品，因此使用時請特別留意。

～にさきだち、にさきだつ、にさきだって

在…之前，先…、預先…、事先…

接續方法▶【體言；動詞連體形】＋に先立ち、に先立つ、に先立って

用在述說做某一動作前應做的事情，後項是做前項之前，所做的準備或預告。

例1 旅行に先立ち、パスポートが有効かどうか確認する。

在出遊之前，要先確認護照期限是否還有效。

要旅行去了！真好！

「に先立ち」表示「在…之前，先…」的意思，也就是述說做前項「旅行」（旅行）之前，應該做的準備事情是「パスポートが有効かどうか」（確認護照是否有效）。

---

2 面接に先立ち、会社説明会が行われた。

在面試前先舉行了公司說明會。

---

3 法律改正に先立つ公聴会が来週開かれる予定です。

在修改法律之前，將於下週先召開公聽會。

---

4 新しい機器を導入するに先立って、説明会が開かれた。

在引進新機器之前，先舉行了說明會。

---

5 上演に先立ちまして、主催者から一言ご挨拶を申し上げます。

在開演之前，先由主辦單位向各位致意。

★ 精選 N2 考題中，常考的 N3 文法，復習一下吧！

…ないこともない、ないことはない　／並不是不…、不是不…

彼女は病気がちだが、出かけられないこともない。

她雖然多病，但並不是不能出門的。

…など　／怎麼會…、才（不）…

そんな馬鹿なことなど、信じるもんか。

我才不相信那麼扯的事呢！

…なんか、なんて　／…等等、…那一類的、什麼的

庭に、芝生なんかあるといいですね。

如果庭院有個草坪之類的東西就好了。

…において、においては、においても、における　／在…、在…時候、在…方面

我が社においては、有能な社員はどんどん出世します。

在本公司，有才能的職員都會順利升遷的。

…に関して（は）、に関しても、に関する　／關於…、關於…的…

フランスの絵画に関して、研究しようと思います。

我想研究法國畫。

…にきまっている　／肯定是…、一定是…

今ごろ東北は、紅葉が美しいにきまっている。

現在東北的楓葉一定很漂亮的。

…に比べて、に比べ

/與…相比、跟…比較起來、比較…

今年は去年に比べ、雨の量が多い。

今年比去年雨量豐沛。

…に加えて、に加え

/而且…、加上…、添加…

書道に加えて、華道も習っている。

學習書法以外，也學習插花。

Practice・6

問題一	次の文の（　）に入る最も適当な言葉を1・2・3・4から選びなさい。

1 この会社は若い方（　）40歳以上の方でも社員として採用しています。

1. にかぎり　　　2. にかぎる　　3. にかぎらず　4. にかぎって

2 兄は弟（　）背が低い。

1. にくらべて　　2. において　　3. によって　　4. におうじて

3 父（　）息子が新しい社長になった。

1. にくらべ　　　2. につれて　　3. にかわり　　4. にから

4 時がたつに（　）悲しみを忘れていった。

1. ときに　　　　2. したがい　　3. よると　　　4. おいて

5 暑い日はカキ氷（　）ね。

1. なかぎり　　　2. にかぎる　　3. のかぎり　　4. にかぎらず

6 開会式（　）、校長先生からのご挨拶があります。

1. ついでに　　　2. にあたり　　3. にまでに　　4. つつに

7 確かに難しい試験だけれど、頑張れば合格できない（　）。

1. ことではない　2. ことはない　3. ほかはない　4. にちがいない

8 こんな簡単な仕事（　）誰にでもできる。

1. なか　　　　　2. なぜ　　　　3. など　　　　4. なに

9 彼はサッカーの知識（　）誰にも負けません。

1. にかけては　　　　　　　2. によっては

3. してみれば　　　　　　　4. にたいしては

10. 留学する（　　）何を準備すればいいですか。
 1. について　2. につけ　　3. に際して　4. における

11. 試験開始に（　　）まず注意事項を説明します。
 1. 先立ち　　2. ところ　　3. 際　　4. おいて

12. 卒業式は体育館（　　）行われます。
 1. のうえで　2. ところに　3. につけ　　4. において

13. この件（　　）、なにかご質問はありませんか。
 1. になど　　2. に中心に　3. に関して　4. において

14. 病気の母（　　）私が参りました。
 1. により　　2. に関して　3. に限り　　4. にかわり

15. 熱がある（　　）会社を休まなかった。
 1. にもかかわらず　　　　2. によって
 3. から　　　　　　　　　4. として

問題二　文を完成させなさい。

1. （　　　　　　　　　）に先立ち（　　　　　　　）。
2. （　　　　　　　　　）に関して（　　　　　　　）。
3. （　　　　　　　　　）ないことには（　　　　　　　）。
4. （　　　　　　　　　）ないことはない。
5. （　　　　　　　　　）に加えて（　　　　　　　）。
6. （　　　　　　　　　）に際して（　　　　　　　）。
7. （　　　　　）は（　　　　　　　）において（　　　　　　）。
8. （　　　　　　　　　）ないではいられない。
9. （　　　　　　　　　）に比べて（　　　　　　　）。
10. （　　　　　　　　　）にかぎらず（　　　　　　　）。
11. （　　　　　　　　　）に応じて（　　　　　　　）。
12. （　　　　　　　　　）にもかかわらず（　　　　　　　）。

～にしたがって、にしたがい

依照…、按照…、隨著…

類義表現
～に基づいて
基於…

接續方法 ▶【體言】＋にしたがって、にしたがい

前面接表示人、規則、指示等的體言，表示按照、依照的意思。

例1 季節の変化にしたがって、町の色も変わってゆく。

随著季節的變化，街景也改變了。

日本四季分明，特別是街景的變化，更是各具特色。

「にしたがって」（隨著…）表示隨著前項規則等的進展「季節の変化」（季節的變化），後項也跟著發生了變化「町の色も変わってゆく」（街景也變得不同了）。

2 父の言いつけにしたがって、大学は工学部に進んだ。

聽從父親的囑咐，大學進入工學院就讀。

3 矢印にしたがって、進んでください。

請依照箭頭前進。

4 子供が大きくなるにしたがって、自分の時間が増えた。

隨著孩子長大，自己的時間變多了。

5 治療法の研究が進むにしたがい、この病気で死亡する

人は減っている。

隨著治療方法的研究進步，死於這種疾病的人逐漸減少。

grammar 083

〜にしたら、にすれば、にしてみたら、にしてみれば

對…來說、對…而言

類義表現
〜の立場になってみれば
站在…立場上來看

接續方法▶【體言】+にしたら、にすれば、にしてみたら、にしてみれば
前面接人物，表示站在這個人物的立場來對後面的事物提出觀點、評判、感受。

例1 彼にしてみれば、私のことなんて遊びだったんです。

對他來說，我只不過是玩玩罷了。

原來他早就有老婆了，真傷心，他怎能欺騙我的感情呢！

「にしてみれば」表示站在某個人的立場來看事情。

2 祖母にしたら、高校生が化粧するなんてとんでもないことなのだろう。

對祖母來說，高中生化妝是很不可取的行為吧？

3 英語の勉強は、私にすれば簡単なのだが、できの悪い人達には難しいのだろう。

學英文對我來說是很簡單，但是對頭腦不好的人們而言就很難了吧？

4 1,000円は、子どもにしてみたら相当なお金だ。

一千日圓對小朋友來說是一筆大數字。

5 私がいくつになっても、両親にしたら子供らしい。

不管我長到幾歲，在父母的眼裡大概還是個小孩。

～にしろ

無論…都、就算…，也…、即使…，也…

類義表現
～にせよ、かりに～ だとしても 無論…都…

接續方法▶【體言；動詞・形容詞連體形；形容動詞語幹（である）】＋にしろ

表示退一步承認前項，並在後項中提出跟前面相反或相矛盾的意見。
是「～にしても」的鄭重的書面語言。也可以說「～にせよ」。

例 1 体調は幾分よくなってきたにしろ、まだ出勤はできません。

即使身體好了些，也還沒辦法去上班。

身體看似好些了，
但還沒有完全好。

「にしろ」（即使…，也…）表示承
認前項的「体調は幾分よくなって
きた」（身體稍微好了一些），但後
項中提出相反的意見「まだ出勤は
できません」（還不能上班）。

---

2 生まれてくる子が男にしろ女にしろ、どちらでもうれしい。

即將出生的孩子不管是男孩也好，女孩也罷，哪一種性別都同樣高興。

3 いくら忙しいにしろ、食事をしないのはよくないですよ。

無論再怎麼忙，不吃飯是不行的喔！

4 いくら有能にしろ、人のことを思いやれないようなら、
ダメでしょう。

即便是多麼能幹的人，假如不懂得為人著想，也是枉然吧！

5 やるにしろやめるにしろ、明日までに決めなければなら
ない。

要做也好、不做也罷，在明天之前都必須做出決定才行。

grammar 085

〜にすぎない

只是…、只不過…、不過是…而已、僅僅是…

類義表現
ただ〜であるだけだ
不過是…而已

接続方法▶【體言；動詞・形容詞連體形；形容動詞語幹（である）】＋にすぎない
表示某微不足道的事態，指程度有限，有著並不重要的消極評價語氣。

例1 これは少年犯罪の一例にすぎない。

這只不過是青少年犯案中的一個案例而已。

少年犯罪案年年增加。

「にすぎない」（只是…）表示在「これは少年犯罪の一例」（這在少年犯罪案中，只是其中一個例子），語含並不足以概括全面，程度是有限的。

2 彼はとかげのしっぽにすぎない。陰に黒幕がいる。

他只不過是代罪羔羊，背地裡另有幕後操縱者。

3 今回は運がよかったにすぎません。

這一次只不過是運氣好而已。

4 そんなの彼のわがままにすぎないから、放っておきなさい。

那不過是他的任性妄為罷了，不必理會。

5 答えを知っていたのではなく、勘で言ったにすぎません。

我不是知道答案，只不過是憑直覺回答而已。

～にせよ、にもせよ

無論…都…、就算…也…、即使…也…、…也好…也好

類義表現
～にしろ、 かりに～だとしても 無論…都…；即使…也…

接續方法▶【體言；動詞・形容詞連體形；形容動詞語幹（である）】＋にせよ、にもせよ

表示退一步承認前項，並在後項中提出跟前面相反或相矛盾的意見。是「～にしても」的鄭重的書面語言。也可以說「～にしろ」。

例1 <ruby>困難<rt>こんなん</rt></ruby>があるにせよ、<ruby>引<rt>ひ</rt></ruby>き<ruby>受<rt>う</rt></ruby>けた<ruby>仕事<rt>しごと</rt></ruby>はやりとげるべきだ。

即使有困難，一旦接下來的工作就得完成。

工作量多，給的時間又太少。

「にせよ」（即使…，也…）表示承認前項的「困難がある」（有困難），但後項中提出相反的意見「引き受けた仕事はやりとげるべきだ」（一旦接下來的工作就要徹底完成）。

2 ビール１<ruby>杯<rt>ばい</rt></ruby>にせよ、<ruby>飲<rt>の</rt></ruby>んだら<ruby>運転<rt>うんてん</rt></ruby>してはいけない。

即使只喝一杯啤酒，只要喝了酒，就不可以開車。

3 いずれにもせよ、<ruby>集会<rt>しゅうかい</rt></ruby>には<ruby>出席<rt>しゅっせき</rt></ruby>しなければなりません。

不管如何，集會是一定得出席的。

4 いくらずうずうしいにせよ、<ruby>残<rt>のこ</rt></ruby>り<ruby>物<rt>もの</rt></ruby>を<ruby>全部<rt>ぜんぶ</rt></ruby>も<ruby>持<rt>も</rt></ruby>って<ruby>帰<rt>かえ</rt></ruby>るなんてねえ。

不管再怎麼厚臉皮，竟然把剩下的東西全都帶回去，未免太過分了。

5 <ruby>最後<rt>さいご</rt></ruby>の<ruby>場面<rt>ばめん</rt></ruby>はいくらか<ruby>感動<rt>かんどう</rt></ruby>したにせよ、<ruby>全体的<rt>ぜんたいてき</rt></ruby>には<ruby>面白<rt>おもしろ</rt></ruby>くなかった。

即使最後一幕有些感動人，但整體而言很無趣。

~にそういない

~に相違ない

一定是…、肯定是…

接続方法▶【體言；形容動詞詞幹；動詞・形容詞連體形】＋に相違ない

表示說話人根據經驗或直覺，做出非常肯定的判斷。跟「だろう」相比，確定的程度更強。跟「～に違いない」意思相同，只是「～に相違ない」比較書面語。

例1 明日の天気は、快晴に相違ない。

明天的天氣，肯定是晴天。

> 「に相違ない」（一定是…）表示說話人根據經驗或直覺，很有把握，認為一定是這樣「明日の天気は、快晴」（明天天氣晴朗）。

2 これは先週の事件と同じ犯人のしわざに相違ない。

這肯定和上星期那起案件是同一個凶手幹的好事。

3 彼女たちのコーラスは、すばらしいに相違ない。

她們的合唱，肯定很棒的。

4 裁判の手続きは、面倒に相違ない。

打官司的手續想必很繁瑣。

5 会社をやめて農業をやりたいと妻に言ったら、反対するに相違ない。

要是告訴太太我想辭掉公司改去務農，肯定會遭到反對。

grammar
088

〜にそって、にそい、にそう、にそった

沿著…、順著…、按照…

類義表現
〜に合わせて、
〜にしたがって
順著…；按照…

接續方法▶【體言】＋に沿って、に沿い、に沿う、に沿った

1 接在河川或道路等長長延續的東西，或操作流程等體言後，表示沿著河流、街道，如例（1）。
2 或表示按照某程序、方針，如例（2）～（5）。

例1 道に沿って、クリスマスの飾りが続いている。

沿著道路滿是聖誕節的點綴。

> 沿路都是漂亮的聖誕樹。

> 「に沿って」(沿著)表示沿著「道」(道路)的邊緣，有了後項的情況「クリスマスの飾りが続いている」(聖誕節的點綴)。

2 このビルは最新の耐震基準に沿っている。
這棟大廈符合最新規定的耐震標準。

3 計画に沿い、演習が行われた。
按照計畫，進行沙盤演練。

4 両親の期待に沿えるよう、毎日しっかり勉強している。
每天都努力用功以達到父母的期望。

5 契約に沿った商売をする。
依契約做買賣。

~につけ（て）、につけても

—…就…、每當…就…

接続方法 ▶【體言；動詞連體形】＋につけ（て）、につけても

1 每當碰到前項事態，總會引導出後項結論，表示前項事態總會帶出後項結論，如例（1）～（4）。

2 也可用「～につけ～につけ」來表達，這時兩個「につけ」的前面要接成對的詞，如例（5）。

例1 この音楽を聞くにつけて、楽しかった月日を思い出します。

每當聽到這個音樂，就會回想起過去美好的時光。

「につけ」（每當…就…）表示每當「この音楽を聞く」（聽到這個音樂），就聯想起後項。

後項接跟感情或思考等相關的內容「楽しかった月日を思い出します」（想起愉快的時光）。

---

2 福田さんは何かにつけて私を目の敵にするから、付き合いにくい。

福田小姐不論任何事總是視我為眼中釘，實在很難和她相處。

3 それにつけても、思い出すのは小学校で同級だった矢部さんです。

關於那件事，能夠想起的只有小學同班同學的矢部而已。

4 祖父の話を聞くにつけ、平和のありがたみを感じる。

每當聽到爺爺的往事，總能感到和平的可貴。

5 テレビで見るにつけ、本で読むにつけ、宇宙に行きたいなあと思う。

不管是看到電視也好，或是讀到書裡的段落也好，總會讓我想上太空。

〜にて、でもって

以…、用…；因…；…為止

接續方法▶【體言】＋にて、でもって

1 「にて」相當於「で」，表示時間、年齡跟地點，如例（1）、（2）。

2 也可接手段、方法、原因、限度、資格或指示詞，宣佈、告知的語氣強，如例（3）。

3 「でもって」是由格助詞「で」跟「もって」所構成，用來加強「で」的詞意，表示方法、手段跟原因，如例（4）、（5）。

例1 もう時間なので本日はこれにて失礼いたします。

時間已經很晚了，所以我就此告辭了。

社長跟您相談甚歡，希望我們今後合作愉快，那我就告辭了。

「にて」後接所要做的事情「告辭了」，表示動作、行為的時間，相當於「就此…」的意思。

2 講演会は市民ホールにて執り行います。

演講將於市民會館舉行。

3 書面にてご対応させていただく場合の手続きは、次の通りです。

以書面回覆之相關手續如下所述。

4 メールでもってご連絡いたしますが、よろしいでしょうか。

請問方使用 e-mail 與您聯繫嗎？

5 現代社会では、インターネットでもって、いろいろなことが事足りるようになった。

現代社會能夠透過網際網路完成很多事情。

～にほかならない

完全是…、不外乎是…、其實是…、無非是…

類義表現
絶対に～だ
絶對是…

接続方法▶【體言】＋にほかならない

1 表示斷定的說事情發生的理由、原因，是對事物的原因、結果的肯定語氣，亦即「それ以外のなにものでもない」（不是別的，就是這個）的意思，例如（1）～（4）。
2 相關用法：「ほかならぬ」修飾體言，表示其他人事物無法取代的特別存在，如例（5）。

例1 肌がきれいになったのは、化粧品の美容効果にほかならない。

肌膚會這麼漂亮，其實是因為化妝品的美容效果。

現代的女性越來越懂得保養了。

「にほかならない」（不外乎是）表示很肯定的說前項「肌がきれいになったのは」（肌膚會這麼漂亮），的理由是後項「化粧品の美容効果」（化妝品的美容效果），就這個理由，沒有別的了。

---

2 彼が失敗したのは、欲張ったせいにほかならない。

他之所以失敗，唯一的原因就是貪心。

3 私達が出会ったのは運命にほかなりません。

我們的相遇只能歸因於命運。

4 彼があんなに厳しいことを言うのも、君のためを思うからにほかならない。

他之所以會說那麼嚴厲的話，完完全全都是為了你著想。

5 ほかならぬ君の頼みとあれば、一肌脱ごうじゃないか。

既然是交情匪淺的你前來請託，我當然得大力相助啊！

092 〜にもかかわらず

雖然…，但是…、儘管…，卻…、雖然…，卻…

類義表現
〜のに
卻…

接続方法▶【體言；動詞・形容詞連體形；形容動詞語幹（である）】＋にもかかわらず
表示逆接。後項事情常是跟前項相反或相矛盾的事態。也可以做接續詞使用。

例1 努力にもかかわらず、全然効果が出ない。

儘管努力了，還是完全沒有看到效果。

人說努力不一定會成功，但是不努力是一定不會成功的啦！

「にもかかわらず」表示雖然「努力」（努力）了，但卻發生了與預測相反的「ぜんぜん効果が上がらない」（效果完全無法提升）的狀態。作用跟「のに」相近。

2 祝日にもかかわらず、会社で仕事をした。

雖然是國定假日，卻要上班。

3 周りの反対にもかかわらず、会社をやめた。

他不顧周圍的反對，辭掉工作了。

4 やめろと言ったにもかかわらずやって、案の定失敗した。

已經警告過他別做，結果他還是執意去做，果然不出所料失敗了。

5 熱があるにもかかわらず、学校に行った。

雖然發燒，但還是去了學校。

156

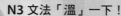
★ 精選 N2 考題中，常考的 N3 文法，復習一下吧！

…にしたがって、にしたがい
/伴隨…、隨著…

おみこしが近づくにしたがって、賑やかになってきた。

隨著神轎的接近，變得熱鬧起來了。

…に対して（は）、に対し、に対する
/向…、對（於）…

この問題に対して、意見を述べてください。

請針對這問題提出意見。

…に違いない
/一定是…、准是…

この写真は、ハワイで撮影されたに違いない。

這張照片，肯定是在夏威夷拍的。

…について（は）、につき、についても、についての
/有關…、就…、關於…

江戸時代の商人についての物語を書きました。

撰寫了一個有關江戶時期商人的故事。

…につき
/因…、因為…

台風につき、学校は休みになります。

因為颱風，學校停課。

…につれて、につれ
/伴隨…、隨著…、越…越…

一緒に活動するにつれて、みんな仲良くなりました。

隨著共同參與活動，大家感情變得很融洽。

…にとって（は）、にとっても、にとっての ／對於…來說

チームのメンバーにとって、今度（こんど）の試合（しあい）は重要（じゅうよう）です。

這次的比賽對球隊的球員而言，是很重要的。

…に伴（ともな）って、に伴（ともな）い、に伴（ともな）う ／伴隨著…、隨著…

牧畜業（ぼくちくぎょう）が盛（さか）んになるに伴（ともな）って、村（むら）は豊（ゆた）かになった。

伴隨著畜牧業的興盛，村子也繁榮起來了。

…に反（はん）して、に反（はん）し、に反（はん）する、に反（はん）した ／與…相反…

期待（きたい）に反（はん）して、収穫量（しゅうかくりょう）は少（すく）なかった。

與預期的相反，收穫量少很多。

Practice • 7

[第七回練習問題]

問題一 　次の文の（　　）に入る最も適当な言葉を1・2・3・4から選びなさい。

1 景気の回復（　　）会社の売り上げも伸びてきた。

1. にともなって
2. にもとづいて
3. にこたえて
4. にそって

2 お年寄り（　　）親切にしなくてはいけません。

1. にとっては
2. によっては
3. においては
4. にたいしては

3 そのチームは最下位になるだろうという予想（　　）、圧倒的な強さを見せた。

1. に反して
2. にそって
3. にもとづいて
4. によって

4 どんな悪人に（　　）、どこか人間らしさが残っているものです。

1. せよ　　2. かぎり　　3. では　　4. なかに

5 写真を見る（　　）家族のことを思い出す。

1. ところへ　　2. につけ　　3. ところ　　4. における

6 鍵が壊されている。泥棒が入った（　　）。

1. ことはない
2. にちがいない
3. やすい
4. っぽい

7 彼はただのサラリーマンに（　　）。何も力はないよ。

1. がちだ　　2. しかない　　3. すぎない　　4. かぎる

| 問題二 | 文_{ぶん}を完成_{かんせい}させなさい。 |

1 (　　　　　　　　) につれて (　　　　　　　　)。

2 (　　　　　　　　) に反_{はん}して (　　　　　　　　)。

3 いくら (　　　　　　　　) にしろ、(　　　　　　　　　)。

4 (　　　　　　　　) にとって (　　　　　　　　)。

5 (　　　　　　　　) に伴_{ともな}い、(　　　　　　　　)。

6 (　　　　　　　　) について (　　　　　　　　)。

093

〜ぬきで、ぬきに、ぬきの、ぬきには、ぬきでは

省去…、沒有…；如果沒有…（，就無法…）、沒有…的話

類義表現
〜なしで、なしに、 〜なしでは、なしには 沒有…；沒有…就…

接續方法▶【體言】＋抜きで、抜きに、抜きの

1 表示除去或省略一般應該有的部分，如例（1）、（2）。

2 後接體言時，用「〜抜きの＋體言」，如例（3）。

3【體言】＋抜きには、抜きでは。為「如果沒有…（，就無法…）」之意，如例（4）、（5）。

例1 今日は仕事の話は抜きにして飲みましょう。

今天就別提工作，喝吧！

工作就工作，吃飯就吃飯吧！

「抜きに」（省去…）表示省去前接的「仕事の話」（工作的話題），進行後項的行動「飲みましょう」（喝吧）。

2 妹は今朝は朝食抜きで学校に行った。

妹妹今天早上沒吃早餐就去上學了。

3 男性抜きの宴会、「女子会」がはやっています。

目前正在流行沒有任何男性參加的餐會，也就是所謂的「姊妹淘聚會」。

4 この商談は、社長抜きにはできないよ。

這個洽談沒有社長是不行的。

5 炭水化物抜きでは、ダイエットはうまくいきませんよ。

不吃碳水化合物，就無法順利減肥喔。

～ぬく

穿越、超越；…做到底

類義表現
最後まで～する
做到底

接続方法▶【動詞連用形】＋抜く

1 表示超過、穿越的意思，如例（1）、（2）。
2 表示把必須做的事，最後徹底做到最後，含有經過痛苦而完成的意思，如例（3）～（5）。

例1 ゴールの5メートル手前で神谷君を追い抜いて、1位になった。

在終點前五公尺處超越了神谷，得到第一名。

跑馬拉松真要有異於常人的體力跟毅力呢！

「抜く」有超過、穿越的意思。在馬拉松「追い抜いて」（超越）了神谷。

2 鉄砲の弾が胸を撃ち抜いて、即死だった。

遭到槍彈射穿胸部，當場死亡了。

3 あの子は厳しい戦争の中、一人で生き抜いた。

那孩子在殘酷的戰爭中一個人活了下來。

4 どんなに辛くても、やり抜くつもりだ。

無論多麼辛苦，我都要做到底。

5 これは、私が考え抜いた末の結論です。

這是我經過深思熟慮後得到的結論。

grammar 095

〜ねばならない、ねばならぬ

必須…、不能不…

類義表現
〜なければな
らない
必須…

接続方法▶【動詞未然形】＋ねばならない、ねばならぬ

1 表示有責任或義務應該要做某件事情，如例（1）～（4）。
2「ねばならぬ」的語感比起「ねばならない」較為生硬、文言，如例（5）。

例1 実は君に話さねばならないことがある。

其實我有話一定要對你說。

「親愛的，其實我是男兒身」

這話不說不行，就用「ねばならない」來表示必須做這件事。

2 他人を非難するには、その前に事実を確かめねばならない。

在責備他人之前，必須要先確定是否屬實。

3 犯人は電話で、「金はお前が一人で持って来ねばならない」と言った。

綁架犯在電話裡說了「你只能獨自一人把錢帶來」。

4 歯を抜く痛みを考えれば、麻酔の注射くらい我慢せねばならない。

一想到拔牙的疼痛，只好忍受打麻醉針時的不適。

5 約束は守らねばならぬ。

不能不守信。

grammar 096 〜のうえでは

…上

接続方法▶【體言】＋の上では
表示「在某方面上是…」。

例1 法律の上では無罪でも、私には許せない。

在法律上縱使無罪，我也不能原諒。

斂財明明就是不對的，卻被他鑽了法律漏洞，這種人最要不得了！

想表達「在某方面上是…」就用「の上では」，前面接體言。

2 今日は立夏です。暦の上では夏になりました。

今天是立夏，在曆法上已是夏天了。

3 数字の上では景気は回復しているが、そういう実感はない。

在數字上雖然景氣已經回復，但沒有實際的感覺。

4 父のことは、仕事の上では尊敬しているが、人間としては最低だと思っている。

我很尊敬父親在工作上的成就，但就人性而言，卻覺得他非常差勁。

5 一つの星座の星々は、見かけの上では近くにあるが、宇宙空間で近くにあるとは限らない。

同一個星座裡的星星，表面上看起來很近，但在宇宙空間裡未必相隔不遠。

grammar 097

～のみならず

不僅…、也…、不僅…、而且…、非但…、尚且…

類義表現

～ばかりでなく、～も～
不僅…、也…

接続方法▶【体言；動詞・形容詞連体形；形容動詞語幹（である）】＋のみならず
表示添加，用在不僅限於前接詞的範圍，還有後項進一層的情況。

例1 この薬は、風邪のみならず、肩こりにも効果がある。

這個藥不僅對感冒有效，對肩膀酸痛也很有效。

醫學的發展真是
日新月異。

「のみならず」（不僅…，也…）表
示這個藥的效果，不僅是治療前接
的「風邪」（感冒），還有另一個治
療效果「肩こり」（肩膀酸痛）。

2 平日のみならず、週末も働く。

不單是平日，連週末也在工作。

3 彼は要領が悪いのみならず、やる気もない。

他做的方法不僅不好，連做的意願也低。

4 あの辺りは不便であるのみならず、ちょっと物騒です。

那一帶不只交通不便，治安也不大好。

5 資料を分析するのみならず、現場を見てくるべきだ。

不僅要分析資料，而且應該到現場勘察。

grammar 098

〜のもとで、のもとに

在…之下

類義表現

〜を頼って
在依賴…之下

接続方法 ▶【體言】 +のもとで、のもとに

1 表示在受到某影響的範圍內，而有後項的情況，如例（1）。

2 表示在某人事物的影響範圍下，或在某條件的制約下做某事，如例（2）〜（4）。

3 「星の元に生まれる」是「命該如此」、「命中註定」的意思，如例（5）。

例1 太陽の光のもとで、稲が豊かに実っています。

稻子在太陽光之下，結實累累。

稻穂長得很好呢！

「のもとで」（「在…之下」）表示在前接的「太陽の光」（「陽光」）的影響下，而有了後項的情況「稲が豊かに実っています」（稻穂結實累累）。

---

2 坂本教授のもとで勉強したい。

我希望能在坂本教授的門下受教。

3 法のもとに、公平な裁判を受ける。

法律之下，人人平等。

4 3ヶ月後に返すという約束のもとに、彼にお金を貸しました。

在他答應三個月後還錢的前提下，我把錢借給了他。

5 小さいころから苦労ばかり。そういう星のもとに生まれたんだろうか。

從小就吃盡了苦頭，難道是我命該如此嗎？

grammar 099

～のももっともだ、のはもっともだ

也是應該的、也不是沒有道理的

接續方法▶【形容動詞詞幹な；動詞・形容詞普通形】＋のももっともだ、のはもっともだ

表示依照前述的事情，可以合理地推論出後面的結果，所以這個結果是令人信服的。

例1 あのきれいな趙さんが失恋するなんて、みんなが驚くのももっともだ。

那位美麗的趙小姐居然會失戀，也難怪大家都很震驚。

趙小姐追求者眾，是大家心目中的女神，怎麼可能會被甩了呢！？

「のももっともだ」表示經過推斷就一定會導出這樣的結果。

---

2 趙さんは親切だから、みんなに好かれるのももっともだ。

趙小姐為人親切，會被大家喜愛也是應該的。

3 趙さんのお母さんは日本人なのか。日本語が上手なのももっともだ。

原來趙先生的母親是日本人喔？難怪他的日文那麼厲害。

4 葉さんって、お父さんフランス人なの？それなら、金髪で目が青いのももっともだ。

葉小姐的爸爸是法國人？既然這樣，她擁有金髮碧眼也是理所當然的呀。

5 葉さんはとても優しい人だから、趙さんが葉さんを好きになったのはもっともだ。

葉先生是非常溫柔的人，所以趙小姐喜歡上他也不是沒有道理的。

〜ばかりだ

一直…下去、越來越…、只等…、只剩下…就好了

類義表現
する一方だ
越來越…

接續方法 ▶【動詞辞書形】＋ばかりだ

1 表示事態越來越惡化，一直持續同樣的行為或狀態，多為對講述對象的負面評價，如例（1）〜（4）。
2 表示準備完畢，只差某個動作而已，或是可以進入下一個階段，如例（5）。

例1 暮らしは苦しくなるばかりだ。

生活只會越來越辛苦。

油電雙漲，薪水不漲，日子只有一個「苦」字啊！

「ばかりだ」在這邊帶出「事情會惡化下去」的感覺。

---

2 このままでは両国の関係は悪化するばかりだ。
再這樣下去的話，兩國的關係只會更加惡化。

3 彼女はうつむいて、ただ泣くばかりだった。
她低頭，只是不停地哭著。

4 あいつは、人のやったことに文句を言うばかりで、自分では何もやらない。
那傢伙對別人所做的事總是抱怨連連，自己卻什麼也不做。

5 晩ご飯の用意はもうできている。あとは食べるばかりだ。
晚飯已經準備好了，接下來就等開動了。

～ばかりに

就因為…、都是因為…、結果…

類義表現
～が原因で、（悪い状態になった）
都是因為…（造成不良結果）

接續方法▶【用言連體形】＋ばかりに

1 表示就是因為某事的緣故，造成後項不良結果或發生不好的事情，說話人含有後悔或遺憾的心情，如例（1）～（4）。

2 強調由於說話人的心願，導致極端的行為或事件發生，如例（5）。

例1 彼は競馬に熱中したばかりに、全財産を失った。

他只因為沉迷於賭馬，結果傾家蕩產了。

因賭博把所有的財產都賠光了！真叫人遺憾！

「ばかりに」（就因為…）表示就是因為前項的那件事「競馬に熱中する」（熱中賭馬），而導致後項不好的結果「財產を全部失った」（財產全賠光了）。

2 忙しかったばかりに、約束をうっかり忘れていた。

由於忙碌而把約定忘得一乾二淨了。

3 性格があまりにまっすぐなばかりに、友人と衝突することもあります。

就因為他的個性太過耿直，有時候也會和朋友起衝突。

4 過半数がとれなかったばかりに、議案は否決された。

因為沒有過半數，所以議案被否決了。

5 オリンピックで金メダルを取りたいばかりに、薬物を使った。

只為了在奧運贏得金牌，所以用了藥物。

～はともかく（として）

姑且不管…、先不管它

接続方法▶【體言】＋はともかく（として）
表示提出兩個事項，前項暫且不作為議論的對象，先談後項。暗示後項是更重要的。

例1 平日はともかく、週末はのんびりしたい。

不管平常如何，我週末都想悠哉地休息一下。

休息是為了走更長的路。

「はともかく」（姑且不管…）表示先不談前項「平日」（平日），要優先談比較重要的後項「週末はのんびりしたい」（週末想悠閒地過）。

2 俺の話はともかくとして、お前の方はどうなんだ。

先別談我的事，你那邊還好嗎？

3 それはともかく、まずコート脱いだら？

那個等一下再說，你先脫掉大衣吧？

4 顔はともかく、人柄はよい。

暫且不論長相，他的人品很好。

5 見た目はともかく、味はうまい。

姑且不論外觀，滋味相當好。

grammar 103

～はまだしも、ならまだしも

若是…還說得過去、（可是）…、若是…還算可以…

類義表現

～はまだ
還可以…

接續方法▶【體言】＋はまだしも、ならまだしも；【用言連體形】＋（の）ならまだしも

是「まだ」（還…、尚且…）的強調說法。表示反正是不滿意，儘管如此但這個還算是好的，雖然不是很積極地肯定，但也還說得過去。前面可接副助詞「だけ、ぐらい、くらい」，後可跟表示驚訝的「とは、なんて」相呼應。

例1 授業中に、お茶ぐらいならまだしも物を食べるのはやめてほしい。

倘若只是在課堂上喝茶那倒罷了，像吃東西這樣的行為真希望能夠停止。

真不像話！真不像話！我在上課耶！

「ならまだしも」表示對前項的「上課的時候喝茶」反正就是不滿意，但儘管如此，後面的「上課的時候吃飯」，還更差強人意。

2 本気ならまだしも、義理チョコなんかいらない。

如果是真心的也就算了，那種基於禮貌給的人情巧克力我才不要！

3 ただつまらないだけならまだしも、話がウソ臭すぎる。

如果只是無趣的話還好說，但總覺得這件事聽起來很假。

4 役員が決めたんならまだしも、主任が勝手に決めちゃうなんてね。

如果董事決定的話還說得過去，主任居然擅自做決定真可惡。

5 新人にちょっと注意したところ、謝るならまだしも、逆に怒り出した。

只不過稍微提醒一下新進員工，結果對方別說是道歉了，反而還生自我的氣。

～べきではない

不應該…

接続方法▶【動詞辞書形】＋べきではない

如果動詞是「する」，可以用「すべきではない」或是「するべきではない」。表示禁止，從某種規範來看不能做某件事。

例1 どんなに辛（つら）くても、死（し）ぬべきではない。

再怎麼辛苦，也不該去尋死。

只不過是被炒魷魚，人生還有很多美好的事情，關關難過關關過，你又何必想不開呢？

「べきではない」表示基於各種理由都不行做某件事情。

---

2 戦争（せんそう）はすべきではなく、外交（がいこう）で解決（かいけつ）すべきだ。

不應當發動戰爭，而應該透過外交手段來解決才對。

3 テストが 100 点（てん）でなかったくらいで、泣（な）くべきではない。

只不過是考試沒拿一百分，不該哭泣。

4 そんな危険（きけん）なところに行（い）くべきではない。

不應該去那麼危險的地方。

5 学校（がっこう）にそんな格好（かっこう）で来（く）るべきではない。

不應該打扮成那種樣子到學校來。

grammar 105

～ぶり、っぷり

…的樣子、…的狀態、…的情況；相隔…

類義表現

～げ
…的樣子

接續方法▶【體言；動詞連用形】＋ぶり、っぷり

1 前接表示動作的體言或動詞的連用形，表示前接體言或動詞的樣子、狀態或情況，如例（1）。

2 有時也可以說成「っぷり」，如例（2）、（3）。

3【時間；期間】＋ぶり，表示時間相隔多久的意思，如例（4）、（5）。

例1 夫の話しぶりからすると、正月もほとんど休みが取れないようだ。

從丈夫講話的樣子判斷，過年期間也大概幾乎沒辦法休假了。

老公唉聲嘆氣地說，原本就棘手的新案子，又得重做了。看來老公過年也沒辦法好好休息了。

「話し」後接「ぶり」，表示說話的樣子，老婆從老公講話的樣子來推斷的。

2 あの人の豪快な飲みっぷりはかっこうよかった。

這個人喝起酒來十分豪爽，看起來非常有氣魄。

3 大豆を食べて、女っぷりを上げる！

攝取黃豆以提升女性魅力！

4 友人の赤ちゃんに半年ぶりに会ったら、もう歩けるようになっていました。

隔了半年再見到朋友的小寶寶，已經變得會走路了。

5 1年ぶりに会ったけど、全然変わっていなかった。

相隔一年沒見，完全都沒有變呢。

～ほどだ、ほどの

幾乎…、簡直…

接続方法▶【用言連體形】＋ほどだ

1 表示對事態舉出具體的狀況或事例。為了說明前項達到什麼程度，在後項舉出具體的事例來，如例（1）～（4）。

2 後接體言，用「～ほどの＋體言」，如例（5）。

例1 彼の実力は、世界チャンピオンに次ぐほどだ。

他的實力好到幾乎僅次於世界冠軍了。

這個人的實力幾乎是超職業水準的。

「ほどだ」（簡直…）表示為了說明「彼の実力」（他的實力）到達什麼程度，在後項舉出具體的事例說「世界チャンピオンに次ぐ」（僅次於世界冠軍）啦！

---

2 数学は大嫌いだ。数字を見るのも嫌なほどだ。

最討厭數學了！甚至連看到數字就討厭！

3 憎くて憎くて、殺したいほどだ。

我對他恨之入骨，恨不得殺了他！

4 今朝は寒くて、池に氷が張るほどだった。

今天早上冷到池塘的水面上結了一層冰。

5 山の頂上は、息も止まるほどの絶景でした。

山頂上的美麗奇景令人幾乎屏息。

grammar 107

～ほど～はない

沒有比…更…

1 【體言；用言連體形】＋ほど～はない。表示在同類事物中是最高的，除了這個之外，沒有可以相比的，如例（1）～（3）。

2 【動詞連體形】＋ほどのことではない。表示「用不著…」之意，如例（4）、（5）。

例1 今日ほど悔しい思いをしたことはありません。

從沒有像今天這麼不甘心過。

今日早上遇到電車癡漢，整天心情大受影響。真不甘心～。

「ほど…はない」表示今天所遇到被癡漢騷擾的事，比任何事都要讓人心有不甘！

2 オフィスが煙いほどいやなことはない。

辦公室從沒被菸燻得如此烏煙瘴氣過。

3 涙が出るほど痛くはない。

並沒有痛到會飆淚的程度。

4 子どものけんかだ。親が出て行くほどのことではない。

孩子們的吵架而已，用不著父母插手。

5 軽いけがだから、医者に行くほどのことではない。

只是點輕傷，還用不著看醫生。

～まい

不打算…；大概不會…；該不會…吧

類義表現
絶対～ないつもりだ／絕對不會
絶対～ないだろう／絕對不會…吧
～ではないだろうか／應該不會…吧

接続方法▶【動詞終止形】＋まい

1 表示說話人不做某事的意志或決心，書面語，如例（1）、（2）。
2 表示說話人推測、想像，如例（3）。
3 用「まいか」表示說話人的推測疑問，如例（4）、（5）。

例1 絶対タバコは吸うまいと、決心した。

下定決心絕對不再抽菸了。

抽煙是有害身體的喔！

「まい」（不…）表示不做前接的動作「タバコを吸う」（抽煙）。這是一種否定的意志。

2 失敗は繰り返すまいと、心に誓った。
我心中發誓，絕對不再犯錯。

3 その株を買っても、損はするまい。
就算買下那檔股票，也不會賠錢。

4 やはり妻は私を裏切っているのではあるまいか。
結果妻子終究還是背叛了我嗎？

5 妻は私と別れたいのではあるまいか。
妻子該不會想和我離婚吧？

～まま

就這樣…

接続方法▶【體言；この／その／あの；用言連體形】＋まま
表示原封不動的樣子，或是在某個不變的狀態下進行某件事情。

例1 久しぶりにおばさんに会ったが、昔と同じできれいなままだった。

好久沒見到阿姨，她還是和以前一樣美麗。

> 天啊，和小阿姨 15 年不見，她完全看不出已經 40 歲了。這就是傳說中的美魔女嗎？

> 「まま」表示狀態或模樣都完全沒更變。

25歲　　　40歲

---

2 そのまま、置いといてください。

請這樣放著就可以了。

3 服をクリーニングに出したのに、汚いままだった。

雖然把衣服送洗了，卻還是一樣髒。

4 子どもが遊びに行ったまま、まだ帰って来ないんです。

小孩就這樣去玩了，還沒回到家。

5 昨夜は歯磨きをしないまま寝てしまった。

昨晚沒有刷牙就這樣睡著了。

〜まま（に）

隨著…、任憑…

類義表現

成り行きに任せて

…聽其自然

接続方法▶【動詞連體形】＋まま（に）
表示順其自然、隨心所欲的樣子。或是任憑他人的擺佈。

例1 友達に誘われるまま、スリをしてしまった。

在朋友的引誘之下順手牽羊。

交到壞朋友，害我也跟
著變壞，在超商偷東西。

「まま」表示受到
外界的影響，自
然而然地做出了
某種行為。

2 子育てをしていて感じたことを、思いつくまま書いて
みました。

我試著把育兒過程中的感受，想到什麼就寫成什麼。

3 老後は、時の過ぎゆくままに、のんびりと暮らしたい。

老後我想隨著時間的流逝，悠閒度日。

4 半年の間、気の向くままに世界のあちこちを旅して来ました。

這半年，我隨心所欲地在世界各地旅行。

5 犯人に言われるまま、ＡＴＭでお金を振り込んでしまった。

依照犯人的指示，在自動櫃員機裡把錢匯出去了。

…に基づいて、に基づき、に基づく、に基づいた ／根據…、按照…、基於…

違反者は法律に基づいて処罰されます。

違者依法究辦。

…によって（は）、により ／由於…、因為…

その村は、漁業によって生活しています。

那個村莊，以漁業為生。

…による ／因…造成的…、由…引起的…

雨による被害は、意外に大きかった。

因大雨引起的災害，大到叫人料想不到。

…にわたって、にわたる、にわたり、にわたった ／經過…、各層…、一直…、持續…；(或不翻譯)

この小説の作者は、60 年代から 70 年代にわたってパリに住んでいた。

這小說的作者，從 60 年代到 70 年代都住在巴黎。

…ば…ほど ／越…越…

話せば話すほど、お互いを理解できる。

雙方越聊彼此越能理解。

…ばかりか、ばかりでなく ／豈止…、連…也…、不僅…而且…

彼は、勉強ばかりでなく、スポーツも得意だ。

他不光只會唸書，就連運動也很行。

…はもちろん、はもとより /不僅…而且…、…不用說、…自不待說…也…

病気の治療はもちろん、予防も大事です。
生病的治療自不待說，預防也很重要。

…反面、半面 /另一面…、另一方面…

産業が発達している反面、公害が深刻です。
產業雖然發達，但另一方面也造成嚴重的公害。

…ほかない、ほかはない /只有…、只好…、只得…

書類は一部しかないので、複写するほかない。
因為資料只有一份，只好去影印了。

…ほど /…得、…得令人

お腹が死ぬほど痛い。
肚子痛死了。

…向きの、向きに、向きだ /合於…、適合…

南向きの部屋は暖かくて明るいです。
朝南的房子不僅暖和，採光也好。

…向けの、向けに、向けだ /面向…、對…

初心者向けのパソコンは、たちまち売れてしまった。
針對電腦初學者的電腦，馬上就賣光了。

180

…もの、もん

/因為…嘛

花火を見に行きたいわ。だってとてもきれいだもん。

我想去看煙火，因為很美嘛！

…ものか

/哪能…、怎麼會…呢、絕不…、才不…呢

彼の味方なんか、なるものか。

我才不跟他一個鼻子出氣呢！

~も~ば~も、も~なら~も

既…又…、也…也…

接續方法▶【體言】＋も＋【用言假定】＋ば【體言】＋も；【體言】＋も＋【形容動詞詞幹】＋なら、【體言】＋も

把類似的事物並列起來，用意在強調。或並列對照性的事物，表示還有很多情況。

例1 あのレストランは、値段も手頃なら味もおいしい。

那家餐廳價錢公道，菜色味道也好吃。

又好吃又便宜的餐廳，真的很棒耶！

「…も…ば…も」（既…又…）表示為了強調那家餐廳的好，並列出幾個特色來，「値段も手頃」（價錢既合理）「料理もおいしい」（料理也很好吃）。

---

2 歌も歌えば踊りも踊りますが、本業は役者です。

雖然我歌也唱，舞也跳，不過本業是演員。

3 我々には、権利もあれば義務もある。

我們有權力，也有義務。

4 人生には、悪い時もあればいい時もある。

人生時好時壞。

5 このアパートは、部屋も汚ければ家賃も高い。

這間公寓的房間已很陳舊，房租又貴。

---

grammar 112

～も～なら～も

…不…，…也不…、、有…的不對，…有…的不是

接続方法▶【體言】＋も＋【同一體言】＋なら＋【體言】＋も＋【同一體言】

表示雙方都有缺點，帶有譴責的語氣。

例1 最近の子どもの問題に関しては、家庭も家庭なら学校も
学校だ。

最近關於小孩的問題，家庭有家庭的不是，學校也有學校的缺陷。

> 兒童教育影響到整個國家的未來，非常重要的喔！

> 「…も…なら…も」（…有…的不對，…有…的不是）表示關於最近的孩童問題，父母教育跟學校教育都有不對，也就是譴責雙方都有問題。

---

2 旦那様も旦那様なら、お嬢様もお嬢様だ。

老爺不對，小姐也不對。

3 政府も政府なら、国民も国民だ。

政府有政府的問題，百姓也有百姓的不對。

4 政治家も政治家なら、官僚も官僚だ。

非但政治家不像政治家，連公務員也不像公務員。

5 父親も父親なら、母親も母親だ。

不但做父親的沒個典範，連做母親的也沒個榜樣。

～もかまわず

(連…都) 不顧…、不理睬…、不介意…

接續方法▶【體言；用言連體形の】＋もかまわず

1 表示對某事不介意，不放在心上。常用在不理睬旁人的感受、眼光等，如例（1）～（4）。

2「～にかまわず」表示不用顧慮前項事物的現況，請以後項為優先的意思，如例（5）。

例 1 警官の注意もかまわず、赤信号で道を横断した。

不理會警察的警告，照樣闖紅燈。

唉呀！危險啦！

「もかまわず」（不顧…）表示不把前項的「警官の注意」（警察在注意）放在心上，而進行後項的行為「赤信号で道を横断した」（闖紅燈）。

---

2 このごろの若い者は、所もかまわずベタベタ、イチャイチャしている。

現在的年輕人根本不分場合，自顧自地黏在一起打情罵俏。

3 田崎部長は、いつも人が忙しいのにもかまわず、つまらない用事を言ってくる。

田崎經理總是不管我正在忙，過來吩咐一些無關緊要的小事。

4 順番があるのもかまわず、彼は割り込んできた。

不管排隊的先後順序，他就這樣插進來了。

5 私にかまわず、先に行け。

不用管我，你們先去。

～もどうぜんだ

…沒兩樣、就像是…

類義表現
～と同じだ
跟…一樣

接續方法▶【體言；動詞連體形；動詞過去式】＋も同然だ
表示前項和後項是一樣的，有時帶有嘲諷或是不滿的語感。

例1 洋子さんは家族も同然なんですから、遠慮しないでたくさん
　　食べてね。

　　洋子小姐就像我們的家人一樣，請別客氣，多吃點喔！

洋子小姐和我們家阿洋交
往多年，經常出入我們家，
早就把她當成媳婦了。

如果想表示某個人事
物「儼然像是…」，就
用「も同然だ」。

2 あの二人はもう何年も同居していて夫婦も同然だ。
　　那兩人已經同居好幾年了，就和夫妻沒兩樣。

3 残り5分で5対1なんだから、勝ったも同然だ。
　　既然剩下五分鐘時比數是5比1，也就等於贏定了。

4 私はあの人のことは何も知らないも同然なんです。
　　我可以說是完全不認識那個人。

5 　近所の引っ越す人から、新品も同然の本棚をただで
　　もらった。
　　搬家的鄰居免費送給了我幾乎完全簇新的書櫃。

〜ものがある

有…的價值、確實有…的一面、非常…

類義表現
〜と感じる要素がある
具有…的要素

接續方法▶【用言連體形】＋ものがある

1 表示肯定某人或事物的優點。由於說話人看到了某些特徵，而發自內心的肯定，是種強烈斷定，如例（1）、（2）。
2 表示受某事態而有所感受，如例（3）。
3 用於感歎某事態之可取之處，如例（4）、（5）。

例1 古典には、時代を越えて読みつがれてきただけのものがある。

古籍是足以跨越時代，讓人百讀不厭的讀物。

閱讀可以強化內在薄弱的力量，特別是古典文學，不僅雋永優雅，讓人穩定心靈，還能激發更具創意的思考。

「ものがある」表示說話人肯定古籍的優點，是跨越時代、百讀不厭的讀物。

2 高校生なのにあれほどの速球を投げるとは、期待を抱かせるものがある。

還只是個高中生卻能投出如此驚人的快球，其未來不可限量。

3 昔の日記を読むと、なんだか恥ずかしいものがある。

重讀以前的日記後，覺得有點難為情。

4 彼のストーリーの組み立て方には、見事なものがある。

他的故事架構實在太精采了。

5 あのお坊さんの話には、聞くべきものがある。

那和尚說的話，確實有一聽的價值。

Practice・8

[第八回練習問題]

問題一　次の文の（　　）に入る最も適当な言葉を1・2・3・4から選びなさい。

1 二人は人目も（　　）抱き合っていた。
1. こたえて　2. とおりに　3. かまわず　4. ように

2 このテキストは上級者（　　）。
1. とおりだ　2. しだいだ　3. むきだ　4. ことだ

3 いいわけを（　　）、立場が苦しくなった。
1. したらしたほど　　　　　　2. いえばいったほど
3. すればするほど　　　　　　4. でればでるほど

4 彼は、語学力は（　　）人柄がいいので、アメリカ社会にすぐとけこんだ。
1. ともかく　2. とおりに　3. ことから　4. ような

5 会議は挨拶（　　）いきなり始まった。
1. ぬきで　2. すえに　3. うちに　4. うえに

6 疲れていたが、最後まで走り（　　）。
1. きりた　2. ぬいた　3. かけた　4. こめた

7 お金がない（　　）進学できなかった。
1. おうじて　　　　　　　　　2. おかげで
3. ばかりに　　　　　　　　　4. とおりに

8 テストの点数（　　）合格、不合格が決まります。

  1. によって   2. にかわり

  3. によると   4. にもとに

9 彼女は英語も得意（　　）、コンピューターも得意です。

  1. けれども 2. ならば   3. 加えて   4. そって

10 その話はどこか信用できない（　　　　）。

  1. ものだ   2. ことだ   3. ことがある 4. ものがある

問題二　　文を完成させなさい。

1 （　　　　　　　　　）はともかく（　　　　　　　　　）。

2 （　　　　　　　　　）によると（　　　　　　　　　）。

3 決めたことは（　　　　　　　　　）ぬかなければならない。

4 （　　　　　　　）ば（　　　　　　　）ほど（　　　　　　　）

5 （　　　　　　　　　）に基づいて（　　　　　　　　　）。

6 （　　　　　　　）向きだ。

7 （　　　　　　　）ものがある。

8 （　　　　　　　）もん。

grammar 116

〜ものだ

以前…；…就是…；本來就該…、應該…

類義表現
一般に〜だ
一般…

接續方法【用言連體形：動詞過去式】＋ものだ

1 表示回想過往的事態，並帶有現今狀況與以前不同的含意，如例（1）、（2）。

2 表示感慨常識性、普遍事物的必然結果，如例（3）。

3 【用言連體形】＋ものではない。表示理所當然，理應如此，常轉為間接的命令或禁止，如例（4）、（5）。

例1 私はいたずらが過ぎる子どもで、よく父に殴られたものでした。

我以前是個超級調皮搗蛋的小孩，常常挨爸爸揍。

小時候最愛爬樹、惡作劇抓蟲嚇人了，因此，幾乎天天被爸爸追著打。

真懷念小時候那些不懂事的日子啊！用「ものだ」表示回想兒時的一些點點滴滴。

---

2 若いころは、酒を飲んではむちゃをしたものだ。

他年輕的時候，只要喝了酒就會鬧事。

3 どんなにがんばっても、うまくいかないときがあるものだ。

有時候無論怎樣努力，還是不順利的。

4 食べ物を残すものではない。

食物不可以沒吃完！

5 そんな言葉を使うものではない。

不准說那種話！

～ものなら

如果能…的話；要是能…就…

類義表現
もし～できるなら
如果能…的話

接續方法▶【動詞連體形】＋ものなら

1 提示一個實現可能性很小的事物，且期待實現的心情，接續動詞常用可能形，口語有時會用「～もんなら」，如例（1）～（4）。

2 表示挑釁對方做某行為。帶著向對方挑戰，放任對方去做的意味。由於是種容易惹怒對方的講法，使用上必須格外留意。後項常接「～てみろ」、「～てみせろ」等，如例（5）。

例1 南極（なんきょく）かあ。行（い）けるものなら、行（い）ってみたいなあ。

南極喔……。如果能去的話，真想去一趟耶。

> 我最喜歡企鵝了！企鵝那圓滾滾的身軀跟獨特的走路方式，總能療癒我的心。如果可以去旅行，我想去南極體驗被企鵝包圍的感覺。

> 用「行けるものなら」表示，去遙遠的南極的可能性雖小，但如果去還是很想去看看。

2 もらえるものならもらいたいが、くれるわけがない。

如果他願意給那東西，我倒是想收下，問題是他不會給我。

3 あんな人（ひと）、別（わか）れられるものならとっくに別（わか）れてる。

那種人，假如能和他分手的話早就分了。

4 あんなお城（しろ）のような家（いえ）に、住（す）めるものなら住（す）みたい。

如果可以住在那種像城堡一樣的房子裡，我倒想住住看。

5 あの素敵（すてき）な人（ひと）に、声（こえ）をかけられるものなら、かけてみろよ。

你敢去跟那位美女講話的話，你就去講講看啊！

～ものの

雖然…但是…

類義表現
～けれども、～が
雖然…但是…

接續方法▶【用言連體形】＋ものの

表示姑且承認前項，但後項不能順著前項發展下去。後項一般是對
於自己所做、所說或某種狀態沒有信心，很難實現等的說法。

例1 フランスに留学したとはいうものの、満足にフランス語を話
すこともできない。

雖說到過法國留學，卻無法講一口流利的法語。

「ものの」（雖然…但是…）
表示姑且承認前項「フラ
ンスに留学したとはいう」
（雖說到法國留過學），應
該法文是很好的啊！

但是，沒想到卻是「満足
にフランス語を話すこと
もできない」（法文沒辦法
說得很好），後項是不能順
利發展下去的說法。

---

2 同じクラスの広瀬さんは、家は近いものの、話があまり
合わない。

我和同班的廣瀬同學雖然家住得近，但是聊天卻不太投機。

3 気はまだまだ若いものの、体はなかなか若いころのよう
にはいきません。

心情儘管還很年輕，但身體已經不如年輕時候那麼有活力了。

4 森村は、顔はなかなかハンサムなものの、ちょっと痩せ
すぎだ。

森村的長相雖然十分英俊，可就是瘦了一點。

5 自分の間違いに気付いたものの、なかなか謝ることが
できない。

雖然發現自己不對，但總是沒辦法道歉。

〜やら〜やら

…啦…啦、又…又…

類義表現
〜たり〜たり
…啦…啦

接續方法▶【體言；用言連體形（の）】＋やら；【體言；用言連體形（の）】やら
表示從一些同類事項中，列舉出兩項。大多用在有這樣，又有那樣，
真受不了的情況。多有心情不快的語感。

例1 近所に工場ができて、騒音やら煙やら、悩まされているんで
すよ。

附近開了家工廠，又是噪音啦，又是黑煙啦，真傷腦筋！

哇！工場的噪音跟黑
煙真叫人受不了呢！

「…やら…やら」（…啦…啦）表
示從工場的幾項問題中，舉出兩
項「騒音」（噪音）、「煙」（煙），
暗示除此之外還有別的。說話人
因這些惱人的事情而受不了。

2 総理大臣やら、有名スターやら、いろいろな人が来てい
ます。

又是內閣總理，又是明星，來了很多人。

3 子どもが結婚して、うれしいやら寂しいやら複雑な気持ち
です。

孩子結婚讓人有種又開心又寂寞的複雜心情。

4 赤いのやら黄色いのやら、色とりどりの花が咲いている。

有紅的啦、黃的啦，五顏六色的花朵盛開。

5 先月は家が泥棒に入られるやら、電車で財布をすられる
やら、さんざんだった。

上個月家裡不僅遭小偷，錢包也在電車上被偷，真是淒慘到底！

grammar 120

〜を〜として、を〜とする、を〜とした

把…視為…（的）、把…當做…（的）

類義表現
〜という名目で
把…視為…

接続方法【體言】＋を＋【體言】＋として、とする、とした

表示把一種事物當做或設定為另一種事物，或表示決定、認定的內容。「として」的前面接表示地位、資格、名分、種類或目的的詞。

例1 あのグループはライブを中心として活動しています。

那支樂團主要舉行現場演唱。

這支地下樂團的現場演奏，真是太震撼啦！加上萬人的吶喊和大合唱，太具有感染力了！

用「…を…として」表示這樂團把「ライブ」（現場演唱）作為「中心」（主要）的演唱活動。

2 この会は卒業生の交流を目的としています。

這個會是為了促進畢業生的交流。

3 高橋さんをリーダーとして、野球愛好会を作った。

以高橋先生為首，成立了棒球同好會。

4 すしを中心とした海鮮料理の店をやっています。

目前開設一家以壽司為招牌菜色的海鮮餐廳。

5 この教科書は日本語の初心者を対象としたものです。

這本教科書的學習對象是日語初學者。

grammar 121

～をきっかけに（して）、をきっかけとして

以…為契機、自從…之後、以…為開端

類義表現
～を契機に
以…為契機

接續方法▶【體言；用言連體形の】＋をきっかけに（して）、をきっかけとして

表示某事產生的原因、機會、動機等。

例1 関西旅行をきっかけに、歴史に興味を持ちました。

自從去旅遊關西之後，便開始對歷史產生了興趣。

關西古都很多，的
確是很耐人尋味！

「…をきっかけに」（自從…之後），
表示為什麼會「歴史に興味を持ち
ました」（對歷史感興趣），原因是
前接的「関西旅行」（旅遊關西）。
由於旅遊關西看到一些有趣的歷史
文物，而感興趣。

2 がんをきっかけに日本縦断マラソンを始めた。

自從他發現自己罹患癌症以後，就開始了挑戰縱橫全日本的馬拉松長跑。

3 けんかをきっかけとして、二人はかえって仲良くなりました。

兩人自從吵架以後，反而變成好友了。

4 病気になったのをきっかけに、人生を振り返った。

因為生了一場病，而回顧了自己過去的人生。

5 2月の下旬に再会したのをきっかけにして、二人は交際を
始めた。

自從二月下旬再度重逢之後，兩人便開始交往。

grammar 122

～をけいきとして、をけいきに（して）

趁著…、自從…之後、以…為動機

類義表現
～をきっかけに
以…為動機

接續方法▶【體言；用言連體形の】＋を契機として、を契機に（して）
表示某事產生或發生的原因、動機、機會、轉折點。

例1 子どもが誕生したのを契機として、たばこをやめた。

自從小孩出生後，就戒了煙。

我們家的長女出生了。為了孩子的健康，我把菸戒掉了！

「契機として」（自從…之後）表示「煙草をやめた」（戒煙）的原因是「子どもが誕生した」（生了小孩）。後者是戒煙的契機或轉折點。

---

2 黒船来航を契機にして、日本は鎖国をやめた。

以黑船事件為契機，日本廢止了鎖國政策。

3 就職を契機にして、一人暮らしを始めた。

自從工作以後，就開始了一個人的生活。

4 退職を契機に、もっとゆとりのある生活を送ろうと思います。

我打算在退休以後，過更為悠閒的生活。

5 失恋したのを契機に、心理学の勉強を始めた。

自從失戀以後，就開始學心理學。

～をたよりに、をたよりとして、をたよりにして

靠著…、憑藉…

類義表現
たのみにして～
在依靠…之下

> 接続方法【體言】＋を頼りに、を頼りとして、を頼りにして表示藉由某人事物的幫助，或是以某事物為依據，進行後面的動作。

例1 カーナビを頼りにやっとたどり着いたら、店はもう閉まっていた。

靠著車上衛星導航總算抵達目的地，結果店家已關門了。

可惡—為了找傳說中的拉麵店，我還特地借了衛星導航，沒想到抵達時店已打烊！

「を頼りに」表示依靠某個人事物來進行後面的行為。

2 懐中電灯の光を頼りに、暗い山道を一晩中歩いた。

靠著手電筒的光，在黑暗的山路中走了一整晚。

3 子どものころの記憶を頼りとして、昔の東京について語って みたいと思います。

我想憑著小時候的記憶，談談以前的東京。

4 私はあなただけを頼りにして生きているんです。

我只依靠你過活。

5 遠い親戚を頼りにして、アメリカへ留学した。

去投靠了遠房親戚，這才得以到美國留學。

～をとわず、はとわず

無論…都…、不分…、不管…、都…

接続方法▶【體言】＋を問わず、は問わず

1 表示沒有把前接的詞當作問題，跟前接的詞沒有關係，多接在「男女」、「昼夜」等對義的單字後面，如例（1）～（3）。

2 前面可接用言肯定形及否定形並列的詞，如例（4）。

3 使用於廣告文宣時，常為求精簡而省略助詞，因此有漢字比例較高的傾向，如例（5）。

例1 ワインは、洋食和食を問わず、よく合う。

　　　無論是西餐或日式料理，葡萄酒都很適合。

酒食的藝術真是深奧！只要選擇適合的葡萄酒，不管西餐或日式料理都很合呢！

「…を問わず」（不分…）表示葡萄酒不管「洋食和食」（西洋料理或日本料理），一起吃起來或是做起料理都「よく合う」（很合）。

2 事故現場では、昼夜を問わず救出作業が続いている。

　　意外現場的救援作業不分晝夜持續進行。

3 その商品は、発売されるや否や、国の内外を問わず大きな反響をよんだ。

　　那個產品才剛開賣，立刻在國內外受到了極大的曯目。

4 君達がやるやらないを問わず、私は一人でもやる。

　　不管你們到底要做還是不做，就算只剩我一個也會去做。

5 正社員募集。短大卒以上、専攻問わず。

　　誠徵正職員工。至少短期大學畢業，任何科系皆可。

～をぬきにして（は／も）、はぬきにして

沒有…就（不能）…；去掉…、停止…

接續方法▶【體言】＋を抜きにして（は／も）、は抜きにして

1「抜き」是「抜く」的連用形，後轉當體言用。表示沒有前項，後項就很難成立，如例（1）～（3）。

2 表示去掉前項事態，做後項動作，如例（4）、（5）。

例1 政府の援助を抜きにして、災害に遭った人々を救うことはできない。

　　　沒有政府的援助，就沒有辦法救出受難者。

一遇到自然災害，政府的力量是不可少的。

「…をぬきにして」（去掉…）表示去掉前項「政府の援助」（政府的援助），而進行後項「災害に遭った人々を救うこと」（拯救災害的受難者）是「できない」（不可能的）。

---

2 小堀さんの必死の努力を抜きにして成功することはできなかった。

　　倘若沒有小堀先生的拚命努力絕對不可能成功的。

3 領事館の協力を抜きにしては、この調査は行えない。

　　沒有領事館的協助，就沒有辦法進行這項調查。

4 建前は抜きにして、本音を聞かせてください。

　　請不要說場面話，告訴我你的真心話。

5 お世辞は抜きにして、今日の演奏は本当にすばらしかった。

　　這話不是恭維，今天的演奏真是太精采了！

～をめぐって（は）、をめぐる

圍繞著…、環繞著…

類義表現
～について、
～に関して
關於…

接続方法▶【體言】＋をめぐって、をめぐる

1 表示後項的行為動作，是針對前項的某一事情、問題進行的，如例（1）
～（3）。

2 後接體言時，用「～をめぐる＋體言」，如例（4）、（5）。

例1 この宝石をめぐっては、手に入れた人は不幸になるという
伝説がある。

關於這顆寶石，傳說只要得到的人，就會招致不幸。

傳說多情的國王曾將這
顆寶石送給情婦伊莉莎
白女爵，沒多久女爵便
不幸慘遭殺害。

「この宝石をめぐって」表示關
於這顆寶石的傳聞，只要是拿到
這顆寶石的人都會慘遭不幸。

2 さっき訪ねてきた男性をめぐって、女性たちが噂話をして
います。

女性們談論著剛才來訪的那個男生。

3 足利尊氏と楠正成をめぐっては、時代によって評価が
揺れ動いている。

關於足利尊氏和楠正成，在不同的時代有不同的評價。

4 この映画は、５人の若者たちをめぐる人間模様を描いて
いる。

這部電影是描述關於五個年輕人之間錯綜複雜的關係。

5 首相をめぐる収賄疑惑で、国会は紛糾している。

關於首相的收賄疑雲，在國會引發一場混亂。

grammar 127 〜をもとに（して／した）

以…為根據、以…為參考、在…基礎上

類義表現
〜に基づいて、
〜を根拠にして
在…基礎上

接續方法　**【體言】＋をもとに（して）**

1 表示將某事物作為後項的依據、材料或基礎等，後項的行為、動作是根據或參考前項來進行的，如例（1）〜（3）。

2 用「〜をもとにした」來後接體言，或作述語來使用，如例（4）、（5）。

例1 いままでに習った文型をもとに、文を作ってください。

請參考至今所學的文型造句。

學了就要多用，用了就可以真正成為自己的！

「…をもとに」（以…為根據）表示以前項的「いままでに習った文型」（到現在為止學到的文型）為依據或參考，來進行後項的行為「文を作る」（造句）。「…をもとに」也具有修飾說明後面的體言的作用。

---

2 集めたデータをもとにして、今後を予測した。

根據蒐集而來的資料預測了往後的走向。

3 「江戸川乱歩」という筆名は、「エドガー・アラン・ポー」をもとにしている。

「江戸川亂步」這個筆名的發想來自於「埃德加・愛倫・坡」。

4 『平家物語』は、史実をもとにした軍記物語である。

《平家物語》是根據史實所編寫的戰爭故事。

5 私の作品をもとにしただと？完全な盗作じゃないか！

竟敢說只是參考我的作品？根本是從頭剽竊到尾啦！

★ 精選 N2 考題中，常考的 N3 文法，復習一下吧！

…ものだから　　　　　　　　　　　　／就是因為…，所以…

足が痺れたものだから、立てませんでした。

因為腳麻，所以站不起來。

…ようがない、ようもない　　　　　　／沒辦法、無法…

道に人が溢れているので、通り抜けようがない。

路上到處都是人，沒辦法通行。

…ように　　　　　　　　　　　　　　／希望…、請…

ほこりがたまらないように、毎日そうじをしましょう。

要每天打掃一下，才不會有灰塵。

…わけがない、わけはない　　　　　　／不會…、不可能…

人形が独りでに動くわけがない。

洋娃娃不可能自己會動。

…わけだ　　　　　　　　　　　　　　／當然…、怪不得…

3年間留学していたのか。どうりで英語がペラペラなわけだ。

到國外留學了 3 年啊。難怪英文那麼流利。

…わけではない、わけでもない　　　　／並不是…、並非…

食事をたっぷり食べても、必ず太るというわけではない。

吃得多不一定會胖。

…わけにはいかない、わけにもいかない   ／不能…、不可…

友情を裏切るわけにはいかない。

友情是不能背叛的。

…わりに（は）   ／（比較起來）雖然…但是…、但是相對之下還算…、可是…

この国は、熱帯のわりには、過ごしやすい。

這個國家雖處熱帶，但住起來算是舒適的。

…をこめて   ／集中…、傾注…

みんなの幸せのために、願いをこめて鐘を鳴らした。

為了大家的幸福，以虔誠的心鳴鐘祈禱。

…を中心に（して）、中心として   ／以…為重點、以…為中心、圍繞著…

点Aを中心に、円を描いてください。

請以A點為中心，畫一個圓圈。

…を通じて、を通して   ／在整個期間…、在整個範圍…；透過…

彼女を通じて、間接的に彼の話を聞いた。

透過她，間接地知道他所說的。

…をはじめ、をはじめとする   ／以…為首、…以及…、…等

客席には、校長をはじめ、たくさんの先生が来てくれた。

在來賓席上，校長以及多位老師都來了。

Practice · 9

[第九回練習問題]

問題一 　　次の文の（　）に入る最も適当な言葉を1・2・3・4から選びなさい。

1 皆様のご期待（　）頑張ります。
1. におうじて
2. にもとづいて
3. にそえるように
4. にとおりに

2 その件は部長を（　）頼んだほうがいいですよ。
1. ところに　　2. 通じて　　3. ところへ　　4. わたり

3 テストは教科書（　）出題されます。
1. をうえに　　2. をところに　　3. をもとに　　4. をおいて

4 太陽系の惑星は太陽（　）回っている。
1. をなかに
2. をちゅうしんに
3. をとわず
4. をおいて

5 あの人がそんなひどいことを言う（　）。
1. ことになっている
2. ことだ
3. わけがない
4. ものがある

6 息子は早く家を（　）、忘れ物をしてすぐに戻ってきた。
1. でるけど
2. でたもの
3. でるけども
4. でたものの

7 子供が病気なんです。できる（　）かわってやりたいと思いますが…。
1. もので　　2. ものの　　3. ものでも　　4. ものなら

8 話し合いは決裂した。こうなったら武力で解決するしか（　　）。

1. しようがない
2. おそれがある
3. ことはない
4. わけにはいかない

9 あの人は有名大学を卒業した（　　）仕事が全然できない。

1. わりには
2. とおりには
3. ことから
4. のように

10 愛情（　　）、彼のために料理を作った。

1. をぬきに
2. をところに
3. をこめて
4. をおいて

11 この試験は年齢、学歴を（　　）、誰でも受けられます。

1. ちゅうしんに
2. もとに
3. とわず
4. なかに

12 書物（　　）日本文学を勉強しました。

1. を通して
2. をところに
3. をきいて
4. をして

13 ３人の子供を抱えているので、病気でも寝ている（　　）。

1. ことがある
2. おそれがある
3. わけにはいかない
4. というものだ

14 この前の運動会（　　）、クラスの生徒が皆、仲良くなった。

1. をことから
2. にそって
3. にもとづいて
4. をきっかけに

15 税金の値上げを（　　）景気が悪くなり始めた。

1. けいきに
2. はじめに
3. しだいに
4. せいに

　　文を完成させなさい。

1　（　　　　　　　　　　）をきっかけに（　　　　　　　　　　）。

2　（　　　　　　　　　　）をはじめ（　　　　　　　　　　）。

3　私の国は1年を通して（　　　　　　　　　　）。

4　（　　　　　　　　　　）わけではない。

5　（　　　　　　　　　　）ものなら（　　　　　　　　　　）。

6　（　　　　　　　　　　）ものではない。

7　（　　　　　　　　　　）ように頑張ります。

8　（　　　　　　　　　　）を問わず（　　　　　　　　　　）。

9　（　　　　　　　　　　）をめぐって（　　　　　　　　　　）。

10　（　　　　　　　　　　）ものだから（　　　　　　　　　　）。

11　（　　　　　　　　　　　　　　　　　　）わけがない。

MEMO

問題 7　考試訣竅

N2的問題7，預測會考12題。這一題型基本上是延續舊制的考試方式。也就是給一個不完整的句子，讓考生從四個選項中，選出自己認為正確的選項，進行填空，使句子的語法正確、意思通順。

過去文法填空的命題範圍很廣，包括助詞、慣用型、時態、體態、形式名詞、呼應和接續關係等等。應試的重點是掌握功能詞的基本用法，並注意用言、體言、接續詞、形式名詞、副詞等的用法區別。另外，複雜多變的敬語跟授受關係的用法也是構成日語文法的重要特徵。

文法試題中，常考的如下：

(1) 副助詞、格助詞…等助詞考試的比重相當大。這裡會考的主要是搭配（如「なぜか」是「なぜ」跟「か」搭配）、接續（「だけで」中「で」要接在「だけ」的後面等）及約定俗成的關係等。在大同中辨別小異（如「なら、たら、ば、と」的差異等），及區別語感。判斷關係（如「心を込める」中的「込める」是他動詞，所以用表示受詞的「を」來搭配等）。

(2) 形式名詞的詞意判斷（如能否由句意來掌握「せい、くせ」的差別等），及形似意近的辨別（如「わけ、はず、ため、せい、もの」的差異等）。

(3) 意近或形近的慣用型的區別（如「について、に対して」等）。

(4) 區別過去、未來、將來三種時態的用法（如「調べるところ、調べたところ、調べているところ」能否區別等）。

(5) 能否根據句意來區別動作的開始、持續、完了三個階段的體態，一般用「…+補助動詞」來表示（如「ことにする、ことにしている、ことにしてある」的區別）。

(6) 能否根據句意、助詞、詞形變化，來選擇相應的語態（主要是「れる、られる、せる、させる」），也就是行為主體跟客體間的關係的動詞形態。

從新制概要中預測，文法不僅在這裡，常用漢字表示的，如「次第、気味」…等，也可能在語彙問題中出現；而口語部分，如「もん、といったらありしない」…等，可能會在著重口語的聽力問題中出現；接續詞（如「ながらも」）應該會在文法問題8出現。當然閱讀中出現的頻率絕對很高的。

　　總而言之，無論在哪種題型，文法都是掌握高分的重要角色。

問題7　文の＿＿＿＿に入れるのに最もよいものを、1・2・3・4から一つ選びなさい。

1　さすが大学の教授＿＿＿＿、なんでもよく知っている。
　　1　に限って　　2　だけあって　　3　に決まって　　4　にとって

2　せっかくここまで頑張ったのだから、最後まで＿＿＿＿。
　　1　やるかのようだ　　　　　　2　やろうではないか
　　3　やらないではおかない　　　4　やるまでもなかった

3　胃の調子が＿＿＿＿、吸収しやすいものを食べることだ。
　　1　悪くても　　2　悪いなりに　　3　悪いなら　　4　悪いのに

4　購読する人が減少したため、発行を＿＿＿＿をえない。
　　1　中止せざる　　　　　　　　2　中止せず
　　3　中止せず　　　　　　　　　4　中止しない

5　可愛らしい食器を見つけたので、＿＿＿＿いられなかった。
　　1　買わずとも　　　　　　　　2　買わずも
　　3　買わないにしろ　　　　　　4　買わずには

6 顔が_____、昨夜ぐっすり眠れなかったせいです。

1 腫れているには　　　　　　　　2 腫れているのは

3 腫れているとか　　　　　　　　4 腫れているとおり

7 彼は自分で会社を経営している_____、知識が豊富です。

1 だけに　　　2 たびに　　　3 くせに　　　4 かぎり

8 手持ちの現金が足りない_____、クレジットカードも持ってない。

1 うえに　　　2 以上は　　　3 ことに　　　4 によれば

9 強引に車を追い越した_____、衝突事故を起こした。

1 に応じて　　　2 に限って　　　3 からには　　　4 あげくに

10 _____質問は、できるだけしないで下さい。

1 回答ほかない　　　　　　　　2 回答をはじめとする

3 回答しにくい　　　　　　　　4 回答にすぎない

11 そんなことを言えば、彼の機嫌を_____。

1 損ねたくてたまらない　　　　2 損ねるものではない

3 損ねるわけにはいかない　　　4 損ねかねない

12 末っ子だから_____、いつまでも甘えていないの！

1 というと　　　2 といって　　　3 といえば　　　4 というものの

問題8 考試訣竅

　　問題8是「部分句子重組」題，出題方式是在一個句子中，挑出相連的四個詞，將其順序打亂，要考生將這四個順序混亂的字詞，跟問題句連結成為一句文意通順的句子。預估出5題。

　　應付這類題型，考生必須熟悉各種日文句子組成要素（日語語順的特徵）及句型，才能迅速且正確地組合句子。因此，打好句型、文法的底子是第一重要的，也就是把文法中的「助詞、慣用型、時、體態、形式名詞、呼應和接續關係等等」弄得滾瓜爛熟，接下來就是多接觸文章，習慣日語的語順。

　　問題8既然是在「文法」題型中，那麼解題的關鍵就在文法了。因此，做題的方式，就是看過問題句後，集中精神在四個選項上，把關鍵的文法找出來，配合它前面或後面的接續，這樣大致的順序就出來了。接下再根據問題句的語順進行判斷。這一題型往往會有一個選項，不知道要放在哪裡，這時候，請試著放在最前面或最後面的空格中。這樣，文法正確、文意通順的句子就很容易完成了。

＊請注意答案要的是標示「★」的空格，要填對位置喔！

問題8　次の文の　__★__　に入る最もよいものを、1・2・3・4から
　　　　一つ選びなさい。

（問題例）

　　私が____ ____ __★__ ____分かりやすいです。

　1　普段　　2　参考書は　　3　使っている　　4　とても

（解答の仕方）

1. 正しい文はこうです。

> 　　私が____ _____ __★__ ____分かりやすいです。
> 　　　　1普段　3使っている　2参考書は　4とても

2. __★__ に入る番号を解答用紙にマークします。

　　　　　　　　（解答用紙）　　（例）　①　❷　③　④

13　考え事を____ ____ __★__ ____においていかれてしまった。
　1　歩いている　　　　　2　しながら　　3　みんな　　4　うちに

14　今日の____ ____ __★__ ____生産量は決められません。
　1　見てから　　　　　2　でないと　　　3　明日の　　4　売れ行きを

15　決勝戦で____ ____ __★__ ____、一躍ヒーローになった。
　1　決めた　　　　　　2　ゴールを　　　3　きっかけに　4　ことを

16　専門の____ ____、__★__ ____募集します。
　1　問わず　　　　　　2　分野を　　　　3　ある人を　　4　やる気が

17　____ ____ __★__ ____何事も解決しなければなりません。
　1　なった　　　　　　2　以上　　　　　3　自分で　　　4　経営者に

212

問題9　考試訣竅

　　問題9考的是「文章的文法」，這一題型是先給一篇文章，隨後就文章內容，去選詞填空，選出符合文章脈絡的文法問題。預估出5題。

　　做這種題，要先通讀全文，好好掌握文章，抓住文章中一個或幾個要點或觀點。第二次再細讀，尤其要仔細閱讀填空處的上下文，就上下文脈絡，並配合文章的要點，來進行選擇。細讀的時候，可以試著在填空處填寫上答案，再看選項，最後進行判斷。

　　由於做這種題型，必須把握前句跟後句，甚至前段與後段之間的意思關係，才能正確選擇相應的文法。也因此，前面選擇的正確與否，也會影響到後面其他問題的正確理解。

　　做題時，要仔細閱讀[　　]的前後文，從意思上、邏輯上弄清楚是順接還是逆接、是肯定還是否定，是進行舉例說明，還是換句話説。經過反覆閱讀有關章節，理清枝節，抓住關鍵之處後，再跟選項對照，抓出主要，刪去錯誤，就可以選擇正確答案。另外，對日本文化、社會、風俗習慣等的認識跟理解，對答題是有絕大助益的。

問題9 次の文章を読んで、[18]から[22]の中に入る最もよいものを、1・
2・3・4から一つ選びなさい。

　　フィンランドでは、教師は伝統的に人気の高い職業だ。もちろん安定
性や長い夏休み[18]もあるが、給料は仕事の大変さ、責任の重さに比べ
れば、[19]高いとはいえない。しかし、フィンランドに「教師は国民の
ろうそく、暗闇に明かりを照らし人々を導いていく」という言葉がある
ように、国民から尊敬されてきた職業なのだ。

　　とはいっても、「小学校の時に[20]あの先生に憧れて教師になりた
い」と思っている人は、私の周りにはほんのわずかしかいなかった。逆
に教職を目指す友人からはよく、今までに変わった先生や、嫌いだった
先生についての批判を耳にした。

　　彼らが教職を目指すのは「恩師への憧れ」というよりも、それまでな
んらかの形で「教える」経験をしてきており、その教えることの楽し
み、子供たちへの愛、そして自分の知識を他の人にも伝えたいという願
い、というの[21]大きい。そして「知識を教える」ことだけにとどまら
ず、広い意味で「教え育む教育」ということに情熱をもち、教師に憧れ
ている人がとても多い。これが、専門性と人間性両方を兼ね備えた教師
の質に[22]。

「フィンランド豊かさのメソッド」堀内都喜子

18

1 とでもいうべき魅力　　　2 といわれる魅力

3 ともいえる魅力　　　　　4 といった魅力

19

1 決して　　　　　　　　　2 よほど

3 どれほど　　　　　　　　4 必ず

20

1 教わった　　　　　　　　2 教えた

3 教えられた　　　　　　　4 教えてあげた

21

1 で　　　　2 は　　　　3 が　　　　4 に

22

1 つながっておきました

2 つながっていくのだろう

3 つながっていなければなりません

4 つながられがちです

問題7 文の＿＿＿＿＿に入れるのに最もよいものを、1・2・3・4から一
　　　つ選びなさい。

1 去年の秋に会った ＿＿＿＿＿、一度も会っていない。
　1 から　　　　2 のに　　　　3 まで　　　　4 きり

2 明日の会議で発表するかどうか、今はまだはっきり決まっていない。発表しな
　い＿＿＿＿＿発表できる準備をしておいた方がいい。
　1 にせよ　　　2 とか　　　　3 に応じて　　　4 にそって

3 早く寝た方がいいと＿＿＿＿＿、ついつい夜更かししてしまいます。
　1 思いながら　　　　　　　　2 思うことなく
　3 思うことだから　　　　　　4 思えばこそ

4 できるかできないか＿＿＿＿＿、とりあえず挑戦してみます。
　1 にそって　　2 にすれば　　3 にあたり　　4 にかかわらず

5 幼児の扱い＿＿＿＿＿、彼女はプロ中のプロですよ。
　1 にかけては　　　　　　　　2 にわたって
　3 はもとより　　　　　　　　4 もかまわず

6 見かけが＿＿＿＿＿、食べれば味は同じですよ。
　1 悪いわりには　　　　　　　2 悪いをぬきにしては
　3 悪いにしても　　　　　　　4 悪いようには

7 ＿＿＿＿＿もう仲直りできっこない。
　1 謝っただけあって　　　　　2 謝るにつけ
　3 謝るものなら　　　　　　　4 謝っても

8 入社から3カ月が過ぎ、新入社員も会社に_____あります。
  1 溶け込むこと　　　　　　　2 溶け込みつつ
  3 溶け込むにつれ　　　　　　4 溶け込むほど

9 熱がある_____、体がだるくてしょうがないです。
  1 反面　　　2 ものなら　　　3 わりに　　　　4 せいか

10 いろいろあるのが人生_____です。
  1 というもの　　　　　　　　2 というはず
  3 というわけ　　　　　　　　4 ということ

11 それは苦情_____、脅迫ですよ。
  1 というにも　　　　　　　　2 というには
  3 というと　　　　　　　　　4 というより

12 路が混雑しない_____、出発したほうがいい。
  1 ついでに　　　2 うちに　　　3 際は　　　　4 次第で

問題8 次の文の ___★___ に入る最もよいものを、1・2・3・4から一つ
選びなさい。

（問題例）

_____ _____ __★__ _____ 一番はやっています。

1 今　　2 昨日　　3 映画は　　4 見た

（解答の仕方）

1. 正しい文はこうです。

> 昨日 _____ _____ __★__ _____ 一番はやっています。
> 　　2 昨日　　4 見た　　3 映画は　　1 今

2. ___★___ に入る番号を解答用紙にマークします。

（解答用紙）　| （例） | ① ② ● ④

13 どうしてあの時もう一度答えを見直さなかったのか _____ _____ __★__
_____。

1 悔やまない　2 いられない　　3 と　　　　4 では

14 今年こそは何とか _____ _____ __★__ _____ と思います。

1 期待に　　2 応えて　　　3 みなさんの　　4 優勝したい

15 _____ _____ __★__ _____、彼は大阪出身に間違いないですよ。

1 言葉遣い　　2 して　　　　3 から　　　　4 あの

218

16 _____ _____ ★ _____ あなたの行い次第です。

1 信頼　　　2 は　　　　　3 えられるかどうか　　　4 を

17 _____ _____ ★ _____ 俳優を選びます。

1 物語の　　　2 応じて　　　3 内容に　　　　　　4 演じる

問題9 次の文章を読んで、18 から 22 の中に入る最もよいものを、1・2・3・4から一つ選びなさい。

　ところで、健康である、というのは、どういう状態をいうのでしょうか。

　私は、何かの病気にかかっているとか、体の一部が欠損しているとか、そういうことは健康とは一切 18 と思っています。

　その人が健康である、ということは、朝起きたときその日一日なにかしらやることがあり、その日一日を過ごすことに意欲を感じることができる、19 毎日を楽しく生きる心構えがある状態をいうのだと私は考えます。

　そういう人は重い病気や障害をもっている人の中にもたくさんいて、彼が彼女らが健康であることはその笑顔から分かります。逆に、いわゆる五体満足で、20 どこも悪いところがないのに、生きる意欲も感じられず、ただ毎日を無為に過ごしている若者もいますが、そういう連中は「健康である」とは 21 。

　吐血と肝炎で長い入院を繰り返したとき、一つ気がついたことがありました。

　病院に入って患者と呼ばれるようになると、その直前まで生活していた一般社会から隔離されます。たとえ外部との通信は自由でも、身体的には拘束され、身の回りの世話を看護婦さんたち 22 まかせます。さすがに最近は患者に幼児言葉で呼び掛けることはなくなったようですが、誰もが地位や肩書や職業から切り離され、自分の生活を他人に依存する、一介の無力な存在となるのです。

　　　　　　　　　　　　　「今日よりよい明日はない」玉村豊男

18

1　関係する　　　　　　　　　2　関係がない

3　関係がある　　　　　　　　4　関係すべき

19

1　当然　　　2　つまり　　　3　あたかも　　　4　まるで

20

1　検査をしつつ　　　　　　　2　検査をしようものなら

3　検査をした以上　　　　　　4　検査をしても

21

1　言い難いでしょう　　　　　2　言い易いでしょう

3　言うはずでしょう　　　　　4　言うところでしょう

22

1　より　　　2　を　　　　3　に　　　　4　と

問題7 文の＿＿＿＿＿にいれるのに最もよいものを、1・2・3・4から一
つ選びなさい。

1 こんなに暑い日は家でじっとしている＿＿＿＿＿。
　1 よりほかない　　　　　　　　2 かのようだ
　3 おそれがある　　　　　　　　4 一方だ

2 話し合いを始めるか始めない＿＿＿＿＿、彼は立って部屋から出ていった。
　1 かどうか　　　　　　　　　　2 かと思ったら
　3 かのうちに　　　　　　　　　4 かと思うと

3 すれ違いの生活が続いた＿＿＿＿＿、とうとう彼女は離婚しました。
　1 にあたり　　2 ばかりに　　3 だけあって　　4 としては

4 食品の成分＿＿＿＿＿正確に表示するべきです。
　1 にとっては　　　　　　　　　2 については
　3 に先立ち　　　　　　　　　　4 における

5 彼女は感情を表に＿＿＿＿＿としているようでした。
　1 出さざる　　2 出すかい　　3 出すはず　　4 出すまい

6 十分な蓄えがない＿＿＿＿＿、夫は突然会社を辞めてしまった。
　1 ことだから　　　　　　　　　2 おかげで
　3 のもかまわず　　　　　　　　4 からといえば

7 殴れる＿＿＿＿＿、殴ればいいじゃないか。
　1 ものなら　　2 としても　　3 にせよ　　4 ばかりに

8 青年＿＿＿＿＿＿中年＿＿＿＿＿＿、食生活には気を付けましょう。

1 や　　　　　　2 にしろ　　　　　3 とか　　　　　　4 やら

9 調子も良いし、相手も強くないから、彼女が勝つ＿＿＿＿＿＿。

1 に過ぎない　　　　　　　　2 に相違ない

3 せいだ　　　　　　　　　　4 ことになっている

10 実験が成功したのは、あなたの頑張りがあったから＿＿＿＿＿＿。

1 にほかならない　　　　　　2 をはじめとする

3 おかげだ　　　　　　　　　4 次第だ

11 彼は苦労＿＿＿＿＿＿、やっと幸せな生活を手に入れました。

1 どころか　　2 のすえに　　3 次第で　　　4 ついでに

12 厳しい環境＿＿＿＿＿＿、人はよりたくましくなるものです。

1 に加えて　　2 にしろ　　3 ぬきでは　　4 のもとで

問題8 次の文の ★ に入る最もよいものを、1・2・3・4から一つ
　　　　選びなさい。

（問題例）

＿＿＿ ＿＿＿ ★ ＿＿＿ です。

1 ともかくとして　　　2 実現性は

3 プロジェクト　　　　4 夢のある

（解答の仕方）

1. 正しい文はこうです。

＿＿＿ ＿＿＿ ＿＿★＿＿ ＿＿＿ です。

　2 実現性は　1 ともかくとして　4 夢のある　3 プロジェクト

---

2. ★ に入る番号を解答用紙にマークします。

（解答用紙）　　（例）　①　②　③　❹

---

13 レーザー治療したのに、シミは減る ＿＿＿ ＿＿＿ ★ ＿＿＿ です。

　1 か　　　　2 どころ　　　　3 増える　　　　4 一方

14 園児らは ＿＿＿ ＿＿＿ ★ ＿＿＿ 歌を歌い始めた。

　1 たくさんの乗客が　　　2 大声で

　3 かまわず　　　　　　　4 いるのも

15 ＿＿＿ ＿＿＿ ★ ＿＿＿ 見直された。

　1 先立ち　　　2 人員配置が　　　3 拡張に　　　4 業務の

16 ＿＿＿ ＿＿＿ ★ ＿＿＿ 100万円にすぎません。

1 あると　　　2 いっても　　　3 貯金が　　　　4 わずか

17 ＿＿＿ ＿＿＿ ★ ＿＿＿、情勢を分析します。

1 情報を　　　2 して　　　3 入手した　　　4 もとに

問題9 次の文章を読んで、18 から 22 の中に入る最もよいものを、1・2・3・4から一つ選びなさい。

翌日は、朝からいろいろな人が来た。どの人も 18 顔をし、涙ぐんでいる人もいた。枢（注1）に近づく人はなく、ふたはとざされたままであった。

「こんな 19 …」と父方の伯母は言って、俊夫に顔を向けた。

涙のにじみ出ているその眼が恐ろしく、俊夫は視線をそらせた。

午後おそく、母方の伯父が、祖母とともに黒い服を着てやってきた。伯父は、いつもとちがったこわばった顔をしていて、両手をつき、父や父の親類に頭を畳につくほどさげ、小柄な祖母もそれ 20 ならった。

「男にだまされ、それだけでは 21 、こんな大それたことをして、全く馬鹿な奴です」伯父は、涙声で言った。

「別れたいなら、いつでも別れてやったんですよ。それなのに姿を隠したきりで、22 と言って、こんなことをされては、どうしたらいいんです。恥をかかされた上に、面当てまでされたようなものです。」伯母の声は、ふるえていた。

父は身じろぎもせず黙っていた。

注1：死体を収める箱

「秋の街」吉村昭

18

  1 怒りげな   2 怒らせたような

  3 怒ったような   4 怒りっぽい

19

  1 子供までいるというのに

  2 子供までいるというものでもない

  3 子供までいるどころではない

  4 子供までいようものなら

20

  1 から   2 に   3 が   4 と

21

  1 おさまるべし   2 おさまるかわりに

  3 おさまったあげく   4 おさまらず

22

  1 男に捨てられたから

  2 男に捨てられたついでだから

  3 男に捨てられたにあたっては

  4 男に捨てられた末

第一回

問題7

1	2		2	2		3	3		4	1		5	4
6	2		7	1		8	1		9	4		10	3
11	4		12	2

問題8

| 13 | 4 | | 14 | 2 | | 15 | 4 | | 16 | 4 | | 17 | 2 |

問題9

| 18 | 4 | | 19 | 1 | | 20 | 1 | | 21 | 3 | | 22 | 2 |

第二回

問題7

1	4		2	1		3	1		4	4		5	1
6	3		7	4		8	2		9	4		10	1
11	4		12	2

問題8

| 13 | 4 | | 14 | 2 | | 15 | 3 | | 16 | 3 | | 17 | 2 |

問題9

| 18 | 2 | | 19 | 2 | | 20 | 4 | | 21 | 1 | | 22 | 3 |

問題7

1 1	2 3	3 2	4 2	5 4
6 3	7 1	8 2	9 2	10 1
11 2	12 4			

問題8

13 3	14 3	15 1	16 2	17 4

問題9

18 3	19 1	20 2	21 4	22 1

第一回練習問題

問題一

題號	1	2	3	4	5	6	7	8	9	10
答案	3	1	3	2	1	2	2	2	3	2

題號	11	12	13	14	15
答案	2	3	3	2	4

問題二

1. （こうなった）上は（覚悟を決めるしかない）。
2. 話し合っているうちに、（いい意見がでてきました）。
3. （今の社長がいる）かぎりは（出世の見込みはない）。
4. （病状）は（悪化する）一方だ。
5. （さんざん遊んだ）あげくに（一文無しになった）。
6. 彼は（頭がいい）うえに（スポーツも万能だ）。
7. （明日台風が来る）おそれがある。
8. （社長が引退し）ないかぎり（部長は昇進できないだろう）。
9. （いい医者の）おかげで（早く治った）。
10. （できる）かぎりの（ことはします）。

第二回練習問題

問題一

題號	1	2	3	4	5	6	7	8	9
答案	2	4	2	4	3	4	1	1	3

問題二

1. （このままでは、彼は自殺し）かねない。
2. （夜が明ける）か（明けない）かのうちに（出かけて行きました）。
3. （ちょっと風邪）気味です。
4. （新人の）くせに（生意気だ）。
5. （美人だ）からといって（性格がいいとはかぎらない）。
6. （100万は出し）かねる。
7. （結論）からいうと（今回は無理でしょう）。
8. （プロ）からすれば（こんな問題は簡単に解決できるだろう）。
9. （5キロの道を走り）きった。
10. （課長）のかわりに（取引先へ行ってくれませんか）。
11. （ことが重大である）からこそ（言うべきかためらった）。

第三回練習問題

問題一

題號	1	2	3	4	5	6	7	8	9	10
答案	1	3	3	1	3	1	3	2	2	4

題號	11	12	13	14	15	16
答案	3	3	2	2	1	4

問題二

1. （いきなり契約の話をするとは、なんと愚かな）ことか。
2. （友人）さえ（彼を見放した）。
3. （彼が遅れた）せいで（皆に怒られた）。
4. （授業の）最中に、（警報ベルがなりました）。
5. （あの人）こそ（あたらしい社長にふさわしい）。
6. （几帳面な彼）のことだから（もう準備は終わっていただろう）。
7. （取引を停止せ）ざるをえない。
8. 彼は（休む）ことなく（働き続けた）。
9. （天候が回復し）次第、（出航します）。
10. （ここは会員しか入れない）ことになっている。

第四回練習問題

問題一

題號	1	2	3	4	5	6	7	8	9	10
答案	1	1	1	3	1	4	3	3	4	1

題號	11	12	13	14
答案	1	2	2	2

問題二

1. （卒業）以来、（彼女とは全然会っていない）。
2. （悲しくて）てたまらない。
3. （部屋に入っ）たとたん、（暑くなりました）。
4. たとえ（私一人）でも、（行きます）。
5. （いろいろと考え）つつ（酒を飲みました）。
6. （テキストを予習し）てからでないと（授業についていけないよ）。
7. （東京へ出かける）たびに（おみやげにケーキを買ってきます）。
8. （この音楽を聴いていると、彼のことが思い出され）てなりません。
9. （駅に行く）ついでに（スーパーに寄りました）。
10. （この参考書は間違い）だらけだ。
11. （彼の体力）は（回復し）つつある。

第五回練習問題

問題一

題號	1	2	3	4	5	6	7	8	9	10
答案	3	1	2	3	3	2	2	4	2	3

題號	11	12	13
答案	4	2	3

問題二

1. （若ければいい）というものではない。
2. 今日は（保護者の代表）として（参りました）。
3. （あの二人はもうすぐ結婚する）ということだ。
4. （寝ようとしている）ところへ（に）、急に（電話がかかってきた）。
5. （旅行に行く）としたら（どこへ行きたいですか）。

第六回練習問題

問題一

題號	1	2	3	4	5	6	7	8	9	10
答案	3	1	3	2	2	2	2	3	1	3

題號	11	12	13	14	15
答案	1	4	3	4	1

問題二

1. （試験）に先立ち（まず答案の書き方を説明します）。
2. （この意見）に関して（何か質問はありませんか）。
3. （社長の印鑑が）ないことには（契約はできません）。
4. （頑張れば成功でき）ないことはない。
5. （課長）に加えて（部長もその企画に反対している）。
6. （開会式）に際して（市長からの挨拶があります）。
7. （説明会）は（体育館）において（行われます）。
8. （泣か）ないではいられない。
9. （姉）に比べて（妹は大人しい）。
10. （勉強）にかぎらず（どんなことでも相談してください）。
11. （業績）に応じて（ボーナスの金額が決まる）。
12. （眠かった）にもかかわらず（徹夜で仕事をした）。

第七回練習問題

問題一

題號	1	2	3	4	5	6	7
答案	1	4	1	1	2	2	3

問題二

1. （年を取る）につれて、（おこりっぽくなった）。
2. （晴れるという予報）に反して、今日は（大雨が降った）。
3. いくら（先生）にしろ、（言ってはいけないことがある）。
4. 陳先生は（学生）にとって（いい先生です）。
5. （夫の転勤）に伴い、（一家で引越しました）。
6. （社会問題）について（友だちと議論した）。

第八回練習問題

問題一

題號	1	2	3	4	5	6	7	8	9	10
答案	3	3	3	1	1	2	3	1	2	4

問題二

1. （この小説は文章）はともかく（内容はたいへんおもしろい）。
2. （新聞）によると（株価が値上がりしているそうだ）。
3. 決めたことは（守り）ぬかなければならない。
4. （勉強はすれ）ば（する）ほど（おもしろくなる）。
5. （専門家の情報）に基づいて（投資をしよう）。
6. （この服は若い女性）向きだ。
7. （この絵は、どこか人の心を打つ）ものがある。
8. （一人でも行く）もん。

第九回練習問題

問題一

題號	1	2	3	4	5	6	7	8	9	10
答案	3	2	3	2	3	4	4	1	1	3

題號	11	12	13	14	15
答案	3	1	3	4	1

1. （友だちの紹介）をきっかけに（二人は付き合い始めた）。
2. コンクールの時は、（先生）をはじめ（クラスの皆が応援してくれた）。
3. 私の国は一年を通して（涼しいです）。
4. （行かないという）わけではない
5. （できる）ものなら（かわってあげたい）。
6. （そういうことを言う）ものではない。
7. （ご期待にそえる）ように頑張ります。
8. （経験）を問わず（どなたでも応募できます）。
9. （この宝石）をめぐって（さまざまな伝説がある）。
10. （電話がきた）ものだから（勉強が中断してしまった）。
11. （彼がそんなことを言う）わけがない。

MEMO

精修版

新制對應 絕對合格！
日檢必背文法 [50K＋MP3]

N2
袖珍本

【日檢珍智庫 09】

■ 發行人／**林德勝**

■ 著者／**吉松由美・西村惠子**

■ 主編／**王柔涵**

■ 設計・創意主編／**吳欣樺**

■ 出版發行／**山田社文化事業有限公司**
　臺北市大安區安和路一段112巷17號7樓
　電話　02-2755-7622
　傳真　02-2700-1887

■ 郵政劃撥／**19867160號　大原文化事業有限公司**

■ 總經銷／**聯合發行股份有限公司**
　地址　新北市新店區寶橋路235巷6弄6號2樓
　電話　02-2917-8022
　傳真　02-2915-6275

■ 印刷／**上鎰數位科技印刷有限公司**

■ 法律顧問／**林長振法律事務所　林長振律師**

■ 書＋MP3／**定價　新台幣279元**

■ 初版／**2017年1月**

© ISBN：978-986-246-458-8
2017, Shan Tian She Culture Co. , Ltd.

STS

山田社